THE OTHERWORLDLY MANUAL FOR MY NON-ADVENTUROUS LIFE

冒険しない私の異世界マニュアル

01

有沢ゆう
三.フジタ

1

木切れからスプーンを削り出すのは、難しい。

その辺の雑貨屋で500円で売っているような、先が分厚くて何も掬《すく》えなそうなものでさえ、全く再現できなかった。フォークなどもってのほか。

だから、紗良《さら》が作っているのは、箸だ。少し太めの枝から削り出していく。これで、スプーンにもフォークにもなる。箸文化の勝利だ。

「でこぼこだな」

たかが箸、と思っていたのに、表面を真っ直ぐにするだけのことが難しい。

すでに枝が何本か無駄になった。

今度こそ、と挑戦した何本目かが、満足できるくらいの出来になった時、軽快なファンファーレが鳴った。

箸と小刀を置いて、スマホを取り出す。

【木工】のレベルが、1になっていた。

他には、【鍛冶】【料理】などがあり、いずれもレベルは0。

「なるほど?」

何も分かっていないくせに、とりあえず呟き、新しい枝と小刀を手にする。

枝を握った手元に刃を当て、押し出すように動かすと、するんと木の皮がむけた。さっきまでとは手ごたえが違う。

「これがレベルアップ……」

紗良は呟く。

「……地味だ」

紗良がいる場所は、川べりの平地である。下流らしき幅広の、しかし浅い川の水流でえぐれたのだろう石ころだらけの場所だが、すぐ脇には、柔らかな草地が広がっている。

その草地の真ん中に、ドアがある。

家ではない。

小屋でもない。

ドアがある。

見慣れたそのドアは、紗良の住んでいるアパートのものだ。色も形も素材も、寸分たがわない。

表札はもともと出していないが、大学に入って以来2年間、ほぼ毎日出入りしてたドアは、ひどく馴染みがある。


ある朝のことだ。

すでに暑くなる予感があり、半袖に軽い素材のマキシスカートで、大学へ行くために外に出た。

川だった。

「へぁ?」

きっと誰もがそうするだろうけれど、紗良も、一度ドアを閉めた。

部屋を見回して、ここがどこか連れ去られた見知らぬ小屋などではなく、狭いながらに住み慣れてきた自分の部屋だと確認する。

それから、そっとドアを開けた。

川だった。

「なん、なん、なななななな、なん？」

閉めて開けてを三回繰り返した後、仕方なく外に出てみた。

見回してもやはり見覚えのない場所だ。

おどおどしながらあちこち見ていると、自分がいる草地と、川の間に、何かが落ちているようだった。自然ばかりの中にあって、いかにも目を引く人工物。

紗良はつい、それに向かって足を進めた。

その途端、背後でバタンと音がする。

「あっ！」

慌てて振り返ったが、ドアはあった。

ドアは。

それ以外はなにもない。

自然の中に、ただドアだけがある。

よく分からない恐怖にかられて、急いでドアを開けたが、恐怖に釣り合わないほどあっさりとドアは開いた。

「も、戻れないかと思った……」

いや戻ったところで、出ればまたここな気がするけど。

それでも、この部屋以外、安心できる要素はない。

紗良は慎重に、玄関にあった傘立てを挟んで、ドアが完全に閉まらないようにしたあと、ささっと川べりに近づいた。

落ちていたのは、ノートだった。

中身を確認するより先に、また急いでドアまで戻る。

玄関に入ってから、ようやく手の中のものをじっくり見た。

「異世界マニュアル……？」

表紙には日本語が書いてあった。日本語なのに、意味が分からない。

ページを開くと、まるで絵本のように、大きな文字が並んでいた。

＊＊＊＊＊＊＊＊＊＊＊＊＊＊＊＊＊＊＊＊＊＊＊

『ようこそ異世界へ！

あなたの部屋は、異世界へ移築されました。

どうぞ、楽しい暮らしを！

〈はじめての異世界〉

ここでは、基本の説明をいたします。

まずは世界に慣れましょう！

大陸の名前はオラストア、その南端にある国ドルマン、首都から最も離れたウォルハン地方の森の中の一角がここです。

あなたは、ここで暮らすも良し、街を目指すも良し、旅をするも良し、何をするのも自由です。

とはいえ、まずはスキルレベルを上げましょう！

あなたのスマホに、ステータスアプリを入れておきました。

現在、全てのレベルが0。

最低限、10までは上げてから森を抜けるのが安全でしょう。

もちろんなにもかも自由なので、レベルを上げずにずっとここで暮らしてもOK！

その場合、あなたはあなたの部屋のものを利用して生活することになります。

現存するものは、持ち出して消費されても24時間で再生します。

ただし新しいものは現れません。

もし部屋にないものが欲しい場合、錬金術をお勧めします！

それでは、楽しい異世界ライフを！』

＊＊＊＊＊＊＊＊＊＊＊＊＊＊＊＊＊＊＊＊

日本語だった。なのに相変わらず、意味が分からない。

次のページをめくってみたが、あとは空白が続くだけ。

紗良は何をどう考えていいのか分からなくなり、とりあえず言われた通りにスマホを出してみた。

確かに、知らないアプリが増えていた。

開いてみると、【ステータス】の一覧が出る。全部0。

紗良は、立ち上がって、挟んでいた傘立てをどけて、ドアを閉めた。

開けた。

川だ。

閉めた。

開けた。

川だ。

ステータスアプリを閉じて、メッセージアプリを開く。

片っ端から助けてとメッセージを送るが、既読はひとつもつかなかった。

友達は多くもないが、少なくもない。全員が無視というのはさすがにありえないのだが、よく見ると、右上に「圏外」の文字があった。

「オワタ」

あれから1週間が経つ。

最初の3日は、なんとかならないものかとあがいた。

ドアの開け閉めはメーカーの耐久試験並みの回数になったし、寝て起きたら夢から覚めるかもしれないと意味なく昼寝をした。

窓は開かない。

そもそも、見える景色は、いつもの隣のアパートの壁ではなく、真っ白な空間だけだ。たとえ開いたとしても、怖くて出られる気がしない。むしろ開かなくて良かったとさえ思えるほど、それは無の気配だった。

4日目に、初日に開けて泣きながら食べたはずの食パンが、未開封の状態であることに背筋がぞくりとした。

もっと色んな食材を使っていたら早くに気づいただろうが、ここから抜け出そうとするばかりで、ろくに食べていなかった。

あ、ほんとに、駄目かも。

初めて思った。

そして、紗良は——2日間、寝込んだ。

7日目に起き上がり、今朝。

教育実習で買わされた小刀と、ゼミ行事で使うからと買わされたキャンプ用チェアを河原に持ち出し、スプーンを作ろうとし、挫折して、箸を作る。

2

箸なら、キッチンの引き出しに入っている。一人暮らしだけど、最初に買い揃えたものと、百均で見つけた可愛いデザインのものと、二膳。

それに、お弁当を買うたびにたまる割りばしもある。

箸が欲しかったわけじゃなく、本当にレベルアップとやらをするのか、確認してみた意味合いが強い。

「うーん、いやそれでも、誰かがこっそり見てて、アプリを操作するとか、ある」

半ば認めつつも、最後の抵抗のようなことを呟いてみる。

誰かがこっそり笑って見ていたなら、本気で信じてるわけないじゃん、と見えるかもしれないし？

ドッキリとか。

あるかもしれないし。

箸が出来上がると、やることがなくなった。

他にできそうなこともない。

紗良は、チェアの横にあった平らな大きな石をテーブル代わりにしていた。そこに置いてた例のノートを手に取る。ぱらぱらとめくり――。

「あれ……増えてる」

〈はじめての異世界〉の項目以降、真っ白だったはずのページに、新たに何かが追加されていた。

誰かが書き加えている……？

それにしては、手書きっぽくないフォントだけれど。

もはや怖がることすら面倒で、紗良はそのままノートに目を通すことにした。

＊＊＊＊＊＊＊＊＊＊＊＊＊＊＊＊＊＊

〈火を起こそう〉

少し異世界に慣れたら、火を起こしてみましょう。

何をするにも必要なことが多いので、覚えておくと便利です。

まずは地面を平らに均します。

次に、樹皮などの繊維質の焚き付け、その上に細い木の枝などの焚き付け、さらに太めの薪を組みましょう。

適した木材はこれ！
＊＊＊＊＊＊＊＊＊＊＊＊＊＊＊＊＊＊＊＊＊＊＊＊＊＊＊

ノートの下の方に、三つほど絵が載っている。
スマホを見ると、まだ午前11時を回ったところ。
紗良は立ち上がり、部屋に入ると、シャカシャカのブルゾンとジーンズに着替えた。
念のため、足元も靴底が厚めのスニーカー。ブーツもあるが、さすがに暑そうだ。
外に出ると、傘立てを挟み、そっと、ドアの後ろ側を覗《のぞ》き込《こ》んでみる。
傘立てが挟まった、少し開いたドアがあった。
前に回ってみる。隙間から、自分の部屋が見える。
「まじ、異世界」
それとも、自分は死んだのだろうか。
死にかけかもしれない。
これはきっと、長い夢だ。
夢なら、なんでもありだろう。
少し歩くと、草地は土が目立つようになり、代わりに木々が迫ってくる。
ドアを常に確認しながら、きょろきょろとあたりを見回した。

「あ、あった、ほんとにあった」

ノートの絵と同じ、脱皮のように木の皮が剥がれ落ちた塊が、地面にある。そういう種類の木らしい。

次は、たき火に適した木だ。

だが、はたと気づく。

皮と違って、木は、生えている。

「さすがに手じゃ無理か……鉈《なた》かなんかないとなぁ」

絵と見比べるためにノートを開く。

何気なく、続きのページを読み進めてみた。

＊＊＊＊＊＊＊＊＊＊＊＊＊＊＊＊＊＊＊＊＊
＊道具がない場合は、魔法を使いましょう。
レベルも上がって一石二鳥です。
＊木を切りたい場合、切りたい部分をしっかりと見つめ、右手の親指を三回振りながら、切断《アニマ》と唱えましょう。
レベルが上がれば、次第に呪文《スペル》は不要になります。
＊＊＊＊＊＊＊＊＊＊＊＊＊＊＊＊＊＊＊＊＊

やっぱりこれ、壮大なドッキリなんじゃないかな。

紗良はそっと周囲を見回した。

ここで、本気で魔法を使おうとすると、テレビカメラかなんかが出てきて大笑いされるのだ。

いや、一介の大学生なんか撮ったって面白くないか。

なら、友達……？

少し考えたけれど、誰かが見ている、というのは、もう恐れじゃない、希望のようなものだと気づく。

これが現実であるより、ドッキリだったほうが、ずっと、いいのに。

紗良は心を決めた。

ちょうど手頃そうな枝をじっと見つめる。

我ながらぎこちない手つきで、親指を三回。

「切断《アニマ》」

パサッ、と、枝が落ちてきた。紗良が見つめていた枝が、見つめていた場所から折れている。

いや、切り口は鮮やかだ。

切断されている？

「……ま？」

マニュアルの通りに、木の皮を中心に、細い枝と太い枝を組み上げる。

そしてやはり、ノートの続きに書いてあった通りに、右手の人差し指と親指の爪を三回、素早くはじいて、

「着火《フレーマ》」

呟いた途端に、一気に火が点《つ》いた。

「ひえっ！　……たき火ってもっと育てるものだった気がしたけど」

これも魔法だから？

一気にたき火らしい姿に燃え上がったことにびっくりしたが、待ち時間がないのは便利じゃん、と思い直す。

石を一生懸命よけて平らな場所を作ったが、これもそのうち魔法でできるようになるかな？

部屋からビールとチーズを持ってきて、チェアに沈みこんだ。

母親が送ってくれた、故郷のちょっといいカマンベールチーズで、大事にとっておいたものだが、再生するなら食べ放題だ。

日暮れ時、川のせせらぎと、たき火のはぜる音。

「…………」

思いついて、拾ってきて積んである小枝にチーズを刺し、火であぶる。すぐに溶けだしたので、慌てて引き上げ、ふうふう冷まして口に入れた。

「うんま」

塩気と匂いが強くなり、冷えたビールが一層美味《うま》い。

これも、成人してビールを飲むようになったと言った紗良に、父親が送ってくれたちゃんとした方のビールだから、苦みがまたチーズに合う。

「あー」

日暮れていく景色の中、次第に遠景は闇に溶け、たき火の明かりがにじむ。

「ガチだなー」

少なくとも、自分が今までいた現実ではないと、紗良は認めることにした。

魔法が使えるというのは、それほどにインパクトがあった。

マニュアルは今、部屋にある。目に入れたくない。火を起こす手順の一番最後に、信じたくない一文があった。

＊＊＊＊＊＊＊＊＊＊＊＊＊＊＊＊＊＊＊＊
＊注　元の世界に戻ることは絶対にないので、安心して異世界を楽しもう！
＊＊＊＊＊＊＊＊＊＊＊＊＊＊＊＊＊＊＊＊

安心の概念が違う気がする。

母が送ってくれたチーズを食べ、父が送ってくれたビールを飲み、紗良はそのままゆっくりと眠気に身をゆだねた。

3

早朝の匂いがする。

目が覚めて、身体《からだ》を軋《きし》ませながら、たき火がすっかり灰になって冷えているのを確認した。

ふと思いついてステータスアプリを開いてみた。

【魔法使い】のレベルが上がっている。2だ。

枝を切断しまくったし、火も使ったからこんなものだろう。

いや必要経験値とか知らないが、なんとなくそう思う。

「ん？」

【調理】のレベルもなぜか上がっている。

まさか、ゆうべのチーズか？

どんなゲームも序盤はレベルの上がりが早いものだ。モチベーションを高めると共に、チュートリアルの意味合いがあるからだろう。

紗良は、立ち上がっていててててと首を押さえながら、椅子にもたれて寝るのはやめようと決めた。

傘立てをよけて、部屋に入り、トイレを使う。流れでシャワーも浴びた。

この水がどこからきてどこへ行くのか、全く分からない。

そもそも電気もどうして使えているのか。

紗良は最初の1週間で何度も考えたことなので、もう、これ以上は気にしないことにしている。考えて分かることならば時間も割くけれど、どうもそうは思えない。

タオルで頭を拭きながら、フライパンを取り出した。テフロンではない、母直伝で自ら育てた鉄のフライパンだ。

油がしっかり馴染んだそれを火にかけ、十分熱くなったところで、濡れ布巾に押し付ける。

もう一度コンロに戻したところで、薄く油をひいて卵を落とした。

同時に、ほんの少し、周囲に水を入れる。

一瞬で沸き立つぽこぽこした音を聞きながら、昨日炊いておいたご飯を茶碗に盛っておく。

白身の端がカリッと焦げ、黄身が半熟になったタイミングで火を消し、ご飯の上に滑らせた。

醤油を垂らし、サニーサイドアップの黄身を崩して米と一緒にスプーンで掬う。

卵の下に閉じ込められていた湯気が、一気に熱く舌を襲い、同時にとろりとした食感をまとったご飯を味わった。

立ったままあっという間に食べ終えると、そのまま洗い物まで済ます。

フライパンだけは、冷めるまで放置。

「あれ?」

スマホを開いて、首を傾《かし》げた。

【調理】のレベルが上がっていない。経験値が達しなかったのだろうか。

ふと、紗良は思い付きで、まだ冷めていないフライパンと、新しい卵を持って外に出た。

石のテーブルに置いて、もう一度戻って、玄関用ほうきを持ち出した。

昨日のたき火の燃えカスを掃き寄せて、加減が分からず集めすぎていたたき火のセットをもう一度組み、

「着火《フレーマ》」

燃え上がった火にフライパンをかざし、卵を片手で割り落とす。

残っていた油で十分に熱せられはしたが、やや焦げ気味の白身を見つめているうち、手が震えてきた。

「ひ、ひぃ……」

鉄のフライパンは、重い。

もう駄目だ、というところで火からおろし、石のテーブルにそっと置いた。

急いで部屋から食パンを持ってきて、トーストしない柔らかい状態で卵を乗せる。

溢《あふ》れる黄身を行儀悪く口に集め、小麦の香りと共に飲み下した。

【調理レベル】が2に上がった。

おそらく、経験値が溜まったタイミングである、というよりも、外で調理したことに意味がある気がする。

つまり、部屋の中での行動は、経験値に結びつかないのでは？

紗良は、沸かしたお湯を持ち出して淹《い》れたドリップコーヒーを持って、チェアに座り込む。すっかり定位置だ。

そして、外での調理について考えた。

目玉焼き程度の時間もフライパンを支えきれないのでは、到底まともな料理などできない。

けれど、あまり心配はしていなかった。

ある予感がある。

カップを置いて、そっと取り上げたのは、『異世界マニュアル』だ。

果たして、予感は当たった。

＊＊＊＊＊＊＊＊＊＊＊＊＊＊＊＊＊＊＊＊＊＊＊＊

〈かまどを作ろう！〉

レンガを組んだ簡単なかまどを作ろう！

設計図を見ながら、まずは積んでみましょう。

出来上がったら、網を渡して下さい。
＊レンガは錬金釜で作ります。
＊網は錬金で作ります。
＊＊＊＊＊＊＊＊＊＊＊＊＊＊＊＊＊＊＊

そこまで読んだ時、何かが聞こえた。

それが、羽音だ、と気づいた時にはもう、頭上に黒い影が差している。

軽い風とともに、生き物の気配がした。見上げるほどの時間もなく、それは、目の前に降りてきた。

ペリカンだ。

思っていたよりでかい。

いやでかい。

ペリカンは、首に赤いスカーフを巻いていた。

紗良をじっと半目で見つめた後、カパッと口を開ける。

「…………」

「…………」

ものすごく責めるような視線に促されるように、口の中をできるだけ遠くからちらっと覗いてみる。

釜だ。

「…………」

「…………」

ぐぅ、とペリカンがうなる。

紗良はびくびくしながら、口の中に手を差し入れ、その釜を引き上げた。バケツくらいのサイズで、アラジンのランプみたいな色をしている。

「…………」

「…………」

バッサァ、と羽ばたきをし、ペリカンは飛び上がった。

風が立ち、上へ上へと昇って小さくなっていく。

「アホー」

次来たらぶっとばす。

4

スーパーのレジ袋を三つ、どさりと草地に置いて、紗良は倒れこんだ。手足がぶるぶると震えている。

「これが……低レベル帯……」

魔法があるらしい世界で、肉体労働をする。ワープ機能が使えなくてひたすら徒歩で移動している、ゲーム序盤みたいなものだ。

そもそも、現実世界では運動とはあまり縁がなかった。学校の授業でやるくらいで、大学に入ってからは体育祭で二人三脚を50m走ったのが最後だろう。

とにかく、マニュアルの指示に従って、紗良は手ずから素材を集めてきたところだった。

バケツなどないので、入れ物は部屋にあったレジ袋だ。

河原から粘土質の土を取ってこいと言われた時点ではまだ、運搬の距離が少なくて済んでいた。なにせすぐそこだった。

しかし、残りの三つは、森の中にあり、マニュアルには採取場所の地図が示されていたのだ。

しかも、モノは鉱石で、馬鹿みたいに重かった。

ひいひい言いながらようやく三種類を集めて、半ば泣きながら運んできた。

場所は、石ころだらけの河原ではなく、ドアから少し離れた草地だ。なんとなく、地面が安定して平らなほうがいい気がした。

だから紗良は、遠慮なく、拾ってきた戦利品の横に倒れこんだ。

とはいえ、悪いことばかりではない。

マニュアルに地図が示されたと同時に、紗良のスマホには、地図アプリが増えたのだ。

開くと、周辺の地形と、紗良の現在地、そしてドアの位置がマッピングされている。

まあ、川と森しかないが。

「それ以外は空白かぁ……」

街がある、とマニュアルに書かれていたはずだ。

どのくらいの距離なのだろう。

ここに、誰かがやってくる確率はどのくらいだ？

紗良はなんだか無防備に寝ているのが気になって、起き上がる。

見渡す限りの自然。

「…………」

馬鹿馬鹿しくなって、また寝転ぶ。

こねーよ、人なんか。

その状態で、腰に挟んでいたマニュアルを取り出した。

石の詰まったレジ袋を持つのに邪魔で、ジーンズと腹の間に突っ込んでおいたのだ。

さぞかし汗に濡れただろう、と思ったが、その表面は皺《しわ》も折り目もなく、湿ってさえいなかった。

こわ、と思いながら、開く。

＊＊＊＊＊＊＊＊＊＊＊＊＊＊＊＊＊＊＊＊＊

〈錬金初級〉

素材を錬金釜に入れて錬金をしよう！

必要素材を必要数入れたら、釜の二つの突起に手を添えて、生成《クレアーレ》を唱えます。

まずは鉄《フエルム》インゴットを生成してみましょう！
＊＊＊＊＊＊＊＊＊＊＊＊＊＊＊＊＊＊＊＊＊

よっこいしょと起き上がる。

家電の説明書を読む感覚で、図示されている通りに二種類の鉱石を釜に入れ、丸いフォルムの釜の蓋から角のようにちょっぴり出ている突起に触れる。

「生成《クレアーレ》」

ぽっふん、と何か小さな反応が起こったような振動が手に伝わって来た。

マニュアルを横目で見ながら、蓋を開ける。

中には、直方体に生成された鉄のインゴットらしきものがあった。

取り出してみると、ずっしり重い。鉱石の片方は鉄鉱石、片方は炭素が含まれていたのだろう。

まだ中に何かあった。

マニュアルによると、錬金に使った要素以外の不要成分はゴミになって残るらしい。

便利かよ。

釜を逆さに振ると、砂っぽいゴミがさらさら落ちてきた。揺するとまだ落ちてくる。

不便かよ。

ばばばばばと振りまくって、ゴミをあらかた出すと、次に指示された別の鉱石を入れる。

そうやって、炭や粘土なんかの塊を次々作った。

さらに、粘土と鉱石でレンガを作ろうとした時だ。ぱさっと勝手にマニュアルが開いた。

「……」

見ると、赤字で何か書いてある。
＊＊＊＊＊＊＊＊＊＊＊＊＊＊＊＊＊＊＊＊

＊注　生成物は、複製《イミタティオ》の魔法で増やしておこう！
素材を何度も取りに行く手間が減るよ！

＊＊＊＊＊＊＊＊＊＊＊＊＊＊＊＊＊＊＊＊＊

紗良はため息をつく。

こいつはもう意思があることを隠す気がないな。

黙々と作業をし、インゴットの複製と、レンガを次々作る。

さて、レンガはインゴットと同じ形なので、材料を放り込んでできたことは不思議じゃない。でも網は違うだろう。

鉄と、さらに複数の鉱石で、ステンレスらしきインゴットができている。

これを釜に入れていいのか？

水道の蛇口とかが出来上がってこないか？

紗良は、ちらっとマニュアルノートを見た。

葛藤すること数分、小さな声で呟く。

「網作るの、同じ呪文でいいの？」

＊＊＊＊＊＊＊＊＊＊＊＊＊＊＊＊＊＊＊＊＊
＊呪文《スペル》はスイッチのようなものです。
魔法自体はあなたの中で発動しています。

イメージすればそれが生成されます。
＊＊＊＊＊＊＊＊＊＊＊＊＊＊＊＊＊＊＊＊＊＊＊＊＊＊＊＊＊＊

ふうん。

じゃなくて。

会話になっちゃってんじゃん。

「生成《クレアーレ》」

釜に手を突っ込む。ぐにーっ、とゴムのように、狭い入り口から無理矢理網が引きずり出され、完全に外に出ると、ぽんと長方形に固まった。

もうなんでもあり。

「河原まで運ぶ魔法教えて」
＊＊＊＊＊＊＊＊＊＊＊＊＊＊＊＊＊＊＊＊＊＊＊＊＊＊＊＊＊＊＊＊
＊運搬《アンゲスト》
＊＊＊＊＊＊＊＊＊＊＊＊＊＊＊＊＊＊＊＊＊＊＊＊＊＊＊＊＊＊＊＊

荷物を全部移動させ、運搬の魔法を応用してどかして平らな地面を確保する。そして、同じように魔法でかまどを組んだ。

真ん中に仕切りがあって、網を乗せる突起も上下二か所についている。強火と弱火の二口コンロ、といったところだ。

紗良は疲労でふらふらしながら、なんとかコーヒーを淹れ、定位置のチェアに座る。

そして目の前のノートに問いかけた。

「あんたが私をここに連れて来たの？」

5

ノートに、三点リーダが浮かんだ。

消えた。

まだ浮かんだ。

チャット入力中、じゃないんだよ。

＊＊＊＊＊＊＊＊＊＊＊＊＊＊＊＊＊
ステータスは常に確認しておきましょう！
＊＊＊＊＊＊＊＊＊＊＊＊＊＊＊＊＊

結局、浮かんだのはそんな言葉だ。

完全にごまかされたが、異世界8日目ならそんなものだろう。

かといって、言いなりになるのもなんだか不満で、紗良はコーヒーをことさらゆっくりと飲んだ。

そして結局……運動が堪《こた》えたのだろう、しばらくしてそこで眠り込んでしまった。

目が覚めると、夕方だった。日暮れの景色は、朝とは違ってなんだか違和感がある。

多分、匂いだ。

日本にいた頃は、日が暮れる頃、どこかしらから食べ物の匂いがした。人がいて、食べて、生きている証拠だ。

ここにはそれがない。

ただ、美しい景色だけがある。

一日が終わる。

紗良は、いてててと呟きながら、やはりチェアで寝落ちするのは良くない、と認識を新たにした。

とても今から薪を拾ってくる気になれず、そのまま部屋に入る。

スマホを確認すると、【魔法使い】のレベルが13と爆上がりしていた。使えば使うほど上がるらしい。【戦士】のレベルは、なぜか2になっている。

体力を使ったからだろうか。

魔法を使わないことにも意味があるのだなと思えば、あの労働も報われる気がする。

少し元気になった紗良は、冷蔵庫からじゃがいもを取り出した。それから、オーブンの予熱をしておく。

じゃがいもも母が送ってくれた、故郷のものだ。やや甘く、黄色みが強い。

新じゃがなので、そのまま皮ごと綺麗に洗い、下側1㎝を残して5㎜幅にスライスする。

うーん、二個いっちゃえ。

ベーコンも出して、切ってじゃがいもの隙間に差し込み、グラタン用の皿に並べた。

バターを落として、オーブンにかける。

その間にシャワーを済ませ、今日は日焼けしたよなぁと思いながら、化粧水を念入りにたたいた。

明日から、化粧はしないけど日焼け止めだけは塗っておこう。

冷蔵庫から冷えたビールと、オーブンから鍋掴みで皿を取り出し、その辺の雑誌を敷いてテーブルに乗せた。

ハッセルバックポテトの出来上がり。

ハーブミックスソルトを振りかけ、一口で二枚くらい食べた。焦げた外側の皮に、塩気のあるバターがしみている。

じゃがいも本来の甘みと食感が損なわれない程度に、ソルトを追加した。

ビールが美味い。

そして思った。

肉が食いたい。

冷蔵庫にあるのは、薄切りの豚バラと切り落とし、あとは鶏《とり》モモくらいだ。切り落としに至っては、半分使いかけ。賞味期限なんてとっくに切れているはずなのに、傷んでいる様子はない。

おそらく、どこかの時間で『リセット』されている気がしていた。

根拠はないし、リセットというのも感覚に過ぎない。

けれど、この部屋のものは消費されない、とマニュアルに書いてあったことと考えあわせると、あながち間違っていないとも思う。

せっかく外にかまどを作ったのだから、外で肉が食べたいものだ。豚バラでは駄目だ。分厚いやつがいい。

とはいえ、そうなるとどこかで肉を調達しなければならない。

一番食べたいのは生ラムだ。サガリでもいい。しかしだ。

じゃあその肉のために、羊か牛を、その。

アレするわけか。

「むりむりむりむり……」

諦めよう。

紗良はそのまま、ベッドに潜り込んだ。


目が覚めたのは、またも早朝だった。なにせ、昨日はかなり早く寝てしまった。疲れもあったし、なにより夜はやることがない。

もぞもぞ起きだして、顔を洗い、ジーンズとTシャツに着替えて外に出た。

あ、と気づいて戻り、日焼け止めクリームをぐりぐりと塗ってから、もう一度靴を履きなおした。

森へ向かう。

焚き付け用の皮を拾い、薪にするために枝を切りまくって、それぞれをスーパーのレジ袋に入れた。

鉱石を入れて運んでもまだ破れなかったやつの、使いまわし。

大発明すぎるね、これ。

定位置であるチェアの右に石のテーブル。その反対側、少し離れた位置に、昨日身体に鞭打《むちう》って作ったかまどがある。

紗良はその二口コンロに、たき火をセットした。

「着火《フレーマ》」

燃え上がったのを確認して、網を乗せた。

部屋に戻り、一切れずつラップしてある塩鮭の切り身と、梅干し、その他もろもろを一抱え持ち出し、かまどに戻る。

鮭をそのまま網に載せる。熱してあったせいか、じゅうと一気に音が鳴り、慌てて少しだけ火から遠ざけた。

空いているもう片方のかまどには、水を入れた小鍋をかけ、そこに鰹節をひとつかみ放り込んで置く。

「場所がないな……」

まな板を持って少しうろうろし、仕方なく石のテーブルに置いて膝立ちで包丁を使った。

梅干しから種を抜き、包丁で叩く。

たくあんを二枚、端から細切りにする。

大葉は一枚をくるくる巻いて、これも端から刻む。

「あっ」

忘れていた。

かまどに駆け寄って、鮭をひっくり返す。皮が焦げたが、セーフ。

小鍋の方は、端に寄せておく。

部屋に戻って、どんぶりにご飯をたっぷり盛って戻った。

さっきまで気づかなかったが、魚の焼けるいい匂いがしている。

かまどの加減がよく分からなかったので、何度か魚を持ち上げたりつついたりしてみて、良さそうだと思ったところで、引き上げる。

骨と皮を外し、身をほぐしてご飯の上に。

刻んだたくあんと梅干しを載せ、大葉をちょんと盛って、白ごまを振る。

どんぶりのふちにわさびをニュッと出し、そこに、網の細かいザル越しに小鍋の出汁を注いだ。

ちょっと鰹節のカスが入るけど、ご愛敬だ。

チェアに座り、ようやく温まり始めた空気の中で、手を合わせる。

「いただきます」

わさびを少し取って溶かしながら、さらさらかきこむお茶漬けは、胃を温める。

ただ、最初に小刀で削ったあの自作の箸を使っているので、絶妙に食べづらい。

鮭のしょっぱさが出汁にしみ出て、全体に味がちょうどよく馴染み始めるかなという頃には、すっかり食べ終わってしまった。

梅の酸味が、口に残る。出汁まで飲み干して、ごちそうさま、と呟いた。

また一式持ち帰り、洗って、今度はやかんを持ち出す。まだ燃えているたき火でお湯を沸かし、コーヒーを落とした。

立って飲みながら、出しっぱなしだった玄関用ほうきで、一昨日《おととい》のたき火を掃き寄せる。

ふと、マニュアルノートが開いているのが見えた。

＊＊＊＊＊＊＊＊＊＊＊＊＊＊＊＊＊＊＊＊＊＊＊＊

〈職人スキルを上げよう！〉

テーブルを作ってみましょう。

魔法と道具を併用しながら、作業を進めます。

どこに道具を使い、どこに魔法を使うか、選ぶのは自由です。

適性と照らし合わせて考えてみよう。

使える道具と魔法はこれ！

＊＊＊＊＊＊＊＊＊＊＊＊＊＊＊＊＊＊＊＊＊＊＊＊

これはきっと、調理台だろう。さっき、かまどを使いながら、まな板を使う場所がなかった。

紗良はコーヒーを飲み終わると、よしと立ち上がった。

6

森で枝を打ち払っている途中、聞きなれたファンファーレがなんだかいつもと違った。

なんだろう。

軍手を脱いで、とりあえずマニュアルを開いてみる。

＊＊＊＊＊＊＊＊＊＊＊＊＊＊＊＊＊＊＊＊＊＊＊＊＊＊＊＊＊＊

〈上位解放〉

風魔法のレベルが解放されました！

切断《アウラ》を使ってみましょう

＊＊＊＊＊＊＊＊＊＊＊＊＊＊＊＊＊＊＊＊＊＊＊＊＊＊＊＊

分かる、段階ね、あるある。

紗良は予定を変更して、もっと直径のある木から板を製材することにした。

「切断《アウラ》」

木の根元を狙って呪文《スペル》を唱えると、一瞬の後、どうと重い音と共に太い幹が倒れた。想像より威力が強くて少し驚いた。

倒れた木を丸太状に切断し、河原に運ぶ。

錬金釜に放り込んで、板材を作った。

ちょっと家の中を探してみたが、やはり金槌などはないようだ。記憶にもないし。女子大生の家に、金槌は普通ない。

仕方ないので、鉄とステンレスのインゴット、それから木切れを釜に入れ、金槌と釘を生成した。

そして2時間後、紗良は、目を閉じ、気持ちを落ち着けていた。

出来上がったのは、がったがたのテーブルだった。

何か全体が歪《ゆが》み、何か脚が安定せず、何かとにかくがたがたする。

目を開けてその現実を見る。

「想定内」

そう。

箸製作からいきなりのテーブルは無理があると思っていた。

だから、ちゃんと材料は複製《イミタティオ》で増やしてある。

「あっ」

躓《つまず》いて、慌ててテーブルにつかまったが、頼みのその支えは盛大な音を立ててぺしゃんこになった。

おかげで結局転んだが、草地なので問題ない。

そう。

「想定……内……」

壊れたテーブルは薪用に切断し、新たにまた材料を運んでくる。

大丈夫、さっきから、ファンファーレが何度か鳴っている。レベルは着々と上がっているはずだ。

それから、紗良は三つのテーブルを作り、二つのテーブルを薪にした。

通算四つ目の作品は、完全に直角な天板と脚、びくともしない接合部を持っている。

誇らしい気持ちだ。

日が沈みかけ、そろそろ嫌になってきたので、魔法で表面を滑らかにし、植物から生成したこげ茶の防水塗料を魔法で塗った。

もういい、これで。

かまどの横を平らに均し、テーブルを設置すると、とてつもない満足感があった。

魔法もいいが、手作業もいいじゃないか。

レンガのかまどと、天然木のテーブルを並べると、オシャレ感さえある。

とはいえ、今日も疲れた。

紗良は部屋に戻り、シャワーを浴びると、ビールとパンとハムとその他もろもろを持って外に出た。髪は濡れたままだが、すぐに乾くだろう。こちらに来てから、ドライヤーは全く使っていない。

かまどではなく、片付けてあった石のテーブル近くにたき火を設置する。

火を燃やし、作ったばかりの木のテーブルで、パンにマヨネーズと粒マスタードを薄く塗る。ハムを二枚、チーズも二枚、パンの間に挟んだそれを、ホットサンドメーカーでぎゅうぎゅうに挟んだ。ブームに乗って買ったものの、すぐ飽きた姉がくれたものだ。

チェアに戻り、たき火にかざす。


「…………」


重い。

失敗した。フライパンの時と同じ過ちをまた、だ。面倒がらずにかまどに火を起こせば良かった。

だがもう遅い。

これもレベル上げの一環だと我慢しながら、両面を焼いた。

隙間から漏れる匂いと音で、なんとなく焼き上がりが分かる。

【調理】レベルが上がっているおかげだろう。

腕が痺《しび》れて震えてきたあたりで頃合いと見て、開いてみる。

良さそうなので、出来上がったばかりの調理台を使い、包丁で二つに切った。チーズが落ちてしまわないうちに急いで切り口を上にし、皿に載せる。

チェアに戻って、熱いうちに一口ほおばる。

溶けたチーズが凶悪なほどの温度で舌を焼くが、それも美味い。マヨネーズの酸味が、ハムに良く合っている。

「……っち、あつ……」

片方をあっという間に食べ終え、ビールを開けた。

その時。

背後に、大きな、生き物の気配がある。なぜ分かったか、分からない。今までなかった、何かの息遣いが、はっきりと聞こえてきたのだ。

紗良は固まった。

恐怖で、動けない。

その気配は、ゆっくりと近づいてきた。

とうとう紗良の真横に到達し、やがて、首筋のあたりに息がかかる。獣の匂いがした。

目を閉じるのさえ恐ろしく、真横を通り過ぎて行くのを視界の端にとらえた。

何といえば良いだろう。

黒い、ヒョウに似た生き物だった。

ヒョウにしては少し毛足が長く、なにより、大きい。四本足で、頭の位置は座っている紗良より少し高いくらいまであった。

獣は、何度か紗良の匂いを嗅《か》ぎ、その都度、鼻息が生臭い匂いと共にかかる。

体温を感じる。

それは、生きている。

目を合わせてはいけないと、本能で感じた。

やがて、獣が興味を示したのは、半分残ったホットサンドだった。

匂いを嗅ぎ、それから、前脚でテーブルから叩き落とすと、一口で食ってしまう。

ぐう、と不機嫌な、低い唸《うな》り声《ごえ》がした。体毛が逆立ち、それを見た紗良は震える身体を縮めた。

熱かったのだろう。

それでも、最後まで食べ終えると、しばらくウロウロした後、また背後へと去って行った。

紗良は動けない。

どのくらい固まっていただろう。涙で視界がにじんでいたが、必死で身体を動かし、背後をそっと確認する。

いない、と分かってから、立ち上がった。

ふらりとする。

膝が震えている。

腰が抜けそうな恐怖に追い立てられるように、必死で部屋のドアへと走り、鍵をかけた。今までかけたことのなかったロックバーもかけた。玄関の内側に座り込み、紗良はしばらく、泣いた。

それから2日間、紗良は部屋に閉じこもった。怖くて外に出る気になれない。夜には怯《おび》えて、何度も鍵を確認した。

3日目の朝、このまま一生、部屋の中で暮らすことはできないと思った。

それはもう、死んでいるのと同じだ。

狭い空間で、何もせず、ただ、寝て起きて。

自然しかないこの地で、自分は生きていかなければならない。

なんでこんな目に遭っているんだろう。一瞬そう思ったが、最初に決めた、考えても仕方のないことは考えない、に従って、それ以上を諦めた。

「獣除けの魔法とか、ないの？」

問いかけながらマニュアルノートを開く。

＊＊＊＊＊＊＊＊＊＊＊＊＊＊＊＊＊＊
レベルが上がると、様々な魔法が使えるようになります！
＊＊＊＊＊＊＊＊＊＊＊＊＊＊＊＊＊＊

「レベル不足か……」

ならばやはり、外に出るしかない。

この部屋の中で、紗良のレベルが上がらないことは分かっているからだ。

ふと、さらに文字が浮かぶ。

＊＊＊＊＊＊＊＊＊＊＊＊＊＊＊＊＊＊
〈豆知識コーナー〉

【魔法使い】ってなあに？

魔法を使う職業のこと。

自然界に造詣《ぞうけい》が深く、属性エーテルを取り込み、力に変えて放出する。

物理とは根底を異なるものとするが、高位の【魔法使い】は両者を結びつけることも可能、すなわち、物理職と遜色ないかあるいはそれを超える力を秘めている。

＊＊＊＊＊＊＊＊＊＊＊＊＊＊＊＊＊＊＊＊＊

唐突になされたこの説明の意図は、明確だった。

紗良は今更ながらに気づくのだ。

自分が知っている魔法使いは、ゲームでも漫画でも、たき火に火をつけたり、薪拾いなんかしていなかった。

その炎は敵を焼き尽くし、その風は敵を切り裂く。魔法使いは、まごうことなき、戦闘職。先陣切って、高い攻撃力を持って戦う役割を持つのだ。

女子大生には向かない職業では？

7

薪は沢山ある。

薪というか元テーブルというか、とにかく、森にはしばらく行かなくてもいいいと思っていたが、最初の焚き付けがない。紗良は新聞をとっていなかったので、古新聞もない。

はがれた木の皮に類するものなど、紗良の知識では分からないし、仕方なく、拾いに出ることにした。

ずっと生き物の気配などなかったのに、なぜ、あの夜に限って現れたのか？

おそらく、レベルアップに関係がある、と紗良は思っている。

マニュアルノートの存在、部屋のリセット仕様、錬金釜が配達されてくること——色々考えあわせ
ると、この世界には誰かの意思が働いている。

その、誰だか知らない意思が、頃合い、とみたのだろう。

今まで遠ざけられていた危険が、少しずつ身近に迫ってくる。そんな予感がする。

そうなった時、マニュアルノートが導く通りに、魔法でそれを攻撃できるだろうか？

案の定だった。

はがれた木の皮を拾っていると、草むらに何か動くものがある。小さい。けれど、じっと目を凝ら
すと、それは蛇だった。頭が幅広で、喉が赤黒い。

見たことはないし知識もないけれど、あからさまにヤバいやつだ。

紗良は足の震えを自覚しつつ、じっとしている。動くより動かないほうがいい。

たぶん。

知らんけど。

睨《にら》み合《あ》いは長く続き、紗良は耐えられなくなった。

逃げたほうがいいのでは、いや、逃げたい。

その気持ちに逆らえず、そっと、後ろ向きに下がり始めた。
その下げた足に、鋭い痛みが走り、思わず、
「うわぁ！」
と大声を上げる。
その声に驚いたのかなんなのか、草むらにいた方の蛇は逃げていった。
痛みに耐えきれず転ぶ。
足元には、同じ種類の蛇がいた。一匹ではなかったのだ。
ジーンズの上から噛みつかれた。それなのに、血がにじんでいるのが分かる。
噛みついたはずの蛇は、すぐさま逃げていく。
紗良は、その姿を見送ってから、震える手でジーンズをめくりあげてみた。
ヤバい。
二つの分かりやすい穴が開き、その周辺が早くも青黒く変色し始めていた。
「ヤバいヤバいヤバい……」
絶対に良くない。
意味もなく、ずずっ、尻もちのまま後ろに下がってしまうが、なんの意味もない。
自分の足からは逃げられないのだから。
「死ぬ」
紗良は、それでも、馬鹿じゃない。何をすればいいか、分かっている。
今日も腹に挟んでいた、マニュアルノートを引きずり出したのだ。

＊＊＊＊＊＊＊＊＊＊＊＊＊＊＊＊＊＊＊＊＊＊＊＊＊＊
〈賢者のレベルを上げよう〉

魔法使いが攻撃特化なら、賢者は守護の最高峰です。

森とともに生きていく場合、自分を守る手段を得ておきましょう。
＊初級魔法
解毒《エクスティングレ》
＊＊＊＊＊＊＊＊＊＊＊＊＊＊＊＊＊＊＊＊＊＊＊＊＊＊

紗良はすぐさま呪文《スペル》を唱えた。

効果はすぐには表れなかったが、徐々に傷口周辺の肌の色が元に戻っていく。

痛みはとれなかった。解毒というからには、毒にしか効かないのだろう。それ以上を教えてくれないのは、もちろん、レベルが足りないからに違いない。

紗良は、マニュアルに食い下がることなく、再びジーンズに挟み込むと、足をひきずりながら森を出た。

血が流れ続けている。

どうしていいか分からず、雛《ひな》が親鳥の元に帰るように、部屋へと戻った。その途端、安心したのかなんなのか、激痛で意識が遠くなった。

いててて、と身体を起こす。

玄関先で倒れこんでいたせいで、身体中が痛い。

ふらつきながら立ち上がり、時計を確認すると、どうやら朝だ。丸一日、気を失っていたらしい。

血は止まっただろうか。

靴を脱いで、ジーンズをめくりあげた。

「あれ、右足だっけ……」

噛まれた左足は、なんの痕《きずあと》もない。

右足を見たが、やはり綺麗なままだ。

昨日、解毒しただけでは消えていなかった傷口が、きれいさっぱり消えている。

呆然としつつも、まさか夢ではあるまい、とぐるぐる考える。

行き当たったのは、たったひとつの可能性だ。

「リセット？」

この部屋にかかっているらしいリセット機能。

まさか、紗良自身にも働いている？

そうでなければ、説明がつかない。

「……こわ」

背筋がうすら寒い。

いやそれとも、今更だろうか。

リセットで仕組みも分からず再生するパンや野菜を食べておいて、身体に起こるそれだけを忌避するのは、おかしいのだろうか。

分からない。

そして、それを話し合う相手もいない。

だから紗良は考えた。

「今日から日焼け止めもいらないな……」

だってリセットするんだから。

そうやって、日常に落とし込み、受け入れていく。それ以外にないのだから、そうする。

口に出せば、それはきっと、本当になるのだから。

そしてやはり、当然というか、とてもあの状態で魔法で攻撃なんてできやしなかったな、と思う。

3日後、紗良は再び森に入ることにした。しばらく自宅ドア周辺で暮らしていたが、あることに限界を感じていた。

それはもちろん、食生活だ。

今のところ、食料は自宅の冷蔵庫にある分だけ。リセットするから量は問題ないとして、重要なのは、種類だ。真夏に連れてこられたせいで、あるのは夏野菜が中心、あとは基本の根菜類だった。今のままでは、飽きるに決まっている。

実は、少しずつ朝の気温が肌寒くなってきていた。

どうやら、季節はある程度あるらしい。

どのくらい寒くなるのかは分からないが、備えておくに越したことはない。

森へ入ろう。今までより少し深い場所まで足を延ばす。木の実なり果物なり、可能なら山菜なんかも採れたらいい。

高校生の時に使っていた馬鹿でかいザックに、軍手と、非常持ち出し袋に入っていた水のペットボトルとアルミシートを入れる。

夕方までに帰ってくるつもりでいるが、何が起こるか分からないから、遭難の準備だけはしておこう。

自然を舐《な》めてはいけない。教訓ではなく、実体験から、そう思う。

非常食のチョコレートと、缶入りビスケットも入れた。

「いや……チョコ駄目か？」

登山ならいいかもしれないが、これから行くのは獣のいる森だ。

故郷で見ていたバラエティでは、熊の出る場所でテントに甘いものを持ち込むなとコーディネーターが熱弁していた気がする。そう、リップクリームですら駄目だと。

「日焼け止め塗らなくて良くて結果オーライよ」

ポジティブになる呪文のように唱えてから、チョコレートは諦めた。

ジーンズと長袖シャツを身に着け、ブルゾンはザックに入れて、外に出た。

今日はブーツだ。

この3日間で、一応、切断《アウラ》の練習はした。レベルは上がったが、実際に生き物に使えるかどうかは分からない。

実はさらに、実験したことがある。

それは、外出中にドアを閉めても、部屋は消えないか？　である。

すぐ外でドアを見張りつつ、少しずつ閉める時間を長くしていった結果、少なくとも丸1日は大丈夫らしいと分かった。

ずっと傘立てを挟んでおくわけにもいくまい。隙間から、蛇なりなんなりが入り込んでも困る。

意を決して、久しぶりに自宅ドアに鍵をかけた。

「……行ってきます」

習慣のように告げ、紗良は、森へと足を踏み入れた。

8

薪拾いをする範囲から、初めてさらに奥へ足を踏み入れる。

足元は、ブーツの丈くらいまでの草むらだが、歩きにくくはなかった。濃い緑の匂いは、日本では嗅いだことがないほどだ。

スマホのマップが機能するエリア以上は行くつもりがないので、こまめにチェックしながら歩く。

鳥の声はするが、獣の気配はなく、ジャングルというよりは高原の森林といった雰囲気だ。

マップ上の、部屋の位置と自分の位置が少しずつ離れていくのが少し不安だが、20分ほど歩き続けた。

平地ではないし、2㎞は来ていないだろう。

「あ、……クルミ?」

見つけたのは、地面に落ちている木の実だ。

クルミっぽい。

日本のそれよりも少し大きい気がする。

マニュアルノートを開いてみると、新たなページができていた。

＊＊＊＊＊＊＊＊＊＊＊＊＊＊＊＊＊＊＊＊＊＊

〈食べられる木の実や野草〉

ここは、元の世界とは様々な点で似ていますが、異なる世界です。

新しい生態系を知り、新しい知識を増やしていきましょう。
＊食べられる種類を覚えよう

＊＊＊＊＊＊＊＊＊＊＊＊＊＊＊＊＊＊＊＊＊＊

ノートには、いくつかの果物や木、草の種類が描かれている。

いつも思うが、やたらと絵が上手いな。

どうやら、手に取った木の実は食べられるらしい。長ったらしい名前がついていたが、説明文のその特徴はどう見てもクルミなので、紗良は勝手にクルミと呼ぶことにした。

そもそも、呪文《スペル》を覚えるだけでも大変なのに、誰と共有するわけでもないものの名前など、覚える暇などない。

クルミを二十個ばかり拾い、得意のレジ袋に入れて、ザックにしまう。

さらに足を進めると、柑橘系《かんきつけい》の見た目をした果物が群生している。例によって、これはレモンと呼ぶことにした。

役に立ちそうなので沢山採りたかったが、結構重いので、五個で我慢しておく。

さらに進むと、リンゴのような実も発見した。リンゴよりもいびつで、だいぶ小さいが、ノートによれば食べられるという。これも五個で我慢だ。

そろそろ方向を変えよう。

ザックからミネラルウォーターのペットボトルを出し、水分補給してから、そう決めた。

河原から真っ直ぐ北に入って来たので、東に進路をとることにする。

しばらく行ったら今度は南に進むつもりだ。そうすれば、部屋からあまり離れることなく、ある程度の範囲を捜索できる。

「暑いな……」

長袖をめくりたいが、葛藤《かっとう》の末、我慢することにした。さっきから見えないふりをしているが、そこそこ虫が目に付く。世界で一番人を殺しているのは蚊だとも言うし、用心に越したことはない。

東側は、少しずつ低木が増えてきている。そのせいか、陽《ひ》が当たりやすいらしく、様々な野草が生えていた。

ノートと見比べながら、ハーブ類をいくつか採取した。

途中、少し考えて、根っこごと掘り出してみる。

もしかして、植えられないかな。

可能なら、家庭菜園程度の畑を作りたかった。

慣れなければいけないとはいえ、やはり山に入るのは怖いし、億劫《おっくう》だ。

ザックの8割がたが成果で埋まるあたりで、急に足元が悪くなった。草というよりは藪《やぶ》といった様子で、背丈を越える雑草で視界も確保できないため、ここで引き返すことにした。初めての探索だし、無理は禁物だろう。

南へ向けるつもりだった足を、まっすぐドアのある河原へ向ける。四角形を描くつもりだったルートを、三角形に変えた形だ。

木の実のようなものはいくつかあったが、山菜は見当たらない。やはり季節的なものかもしれない。冬ごもりの準備が必要だと、身に迫って感じる。

マップを確認しながら河原近くまで戻って来たが、何気にステータスアプリを確認すると、【戦士】と【賢者】のレベルが上がっていた。

どういう仕組みだ。

【戦士】は体力だろうが、【賢者】は?

「あ、知識か?」

この世界の知識が増えたからだろうか。

今日の行動を思えば、その可能性が一番高い。

【魔法使い】のように、魔法を使えば使うほどレベルが上がる仕組みなら、毒にあたりまくって解毒しまくらないと【賢者】のレベルが上がらないことになってしまう。

自ら蛇に噛まれにいこうかどうしようか、いや絶対無理、などと葛藤していたので、これは都合がいい。

ドアは、あった。

良かった。

河原に帰り着き、戦利品をとりあえずドア近くの草地に出してみる。下手に部屋に持ち込むと、虫が発生しそうだし、レジ袋から出すだけでちょっと並べて置く。

リンゴとレモンだけは、後で冷蔵庫に入れておこう。

それから、ペットボトルの残りを飲み干しつつ、ノートを確認する。

使える呪文がいくつか増えていた。

【賢者】スキルらしいものもある。

紗良は、鍵を開けて部屋に戻って、脱いだものを洗濯機に入れ、シャワーを浴びた。

「ぎょえええええ」

自分でも気づかないような細かい切り傷が、いくつかできている。シャンプーが沁《し》みて、悲鳴が出た。手足にもあるようで、身体を洗うのが一苦労だった。

本当はその場で新しい魔法を試してみたかったが、シャワー浴びたさが先に立ち、呪文《スペル》を覚えていなかった。

適当に身体を拭き、裸のままでノートを手繰《たぐ》り寄せ、

「うう、これ、ええと……治癒《アウロラ》」

そう言うと、今までとは違い、明らかに身体がほのかに光った。

ほんの弱い光だが、驚いて少し固まった。生活感しかない自室で起こる不思議現象の、違和感たるや。

確認すると、手足の切り傷はすっかり癒えている。

リセット機能に頼れば、明日の朝まで残ったままだっただろう。

便利だ。

「しまった、外でやればよかった」

これではレベルに貢献しない。

まあ、真っ裸で悔やむようなことでもないか。

紗良は、パジャマ代わりの着古したワンピースに着替え、冷蔵庫を漁って外に出た。

材料を、自作の木のテーブルに載せて戻り、今日の戦利品の中からクルミを取ってくる。

ついでに、残った木材を放置してある横の、金槌も一緒に抱えて、石のテーブルに載せた。

金槌でクルミの硬い殻を割ると、中はぎゅっと詰まっている。ほじくりだした実はやはり少し油っ気があり、クルミそのものだ。三つ分くらい取り出しておく。

コンロを掃いて綺麗にし、新たにたき火をセットする。

「使ったらすぐ片付けるべきだよねほんとは」

分かっているけど、一人きりだとどうしても、後回しにしていいものはすぐ手を付ける気になれない。

火をつけ、部屋まで戻って、紙パックのハウスワインを北欧キャラのついたコップに注ぐ。

フライパンも忘れずに。

毎回取りに来るの、面倒だな。

クルミをフライパンで煎《い》って、カリカリになったところで、包丁で刻む。

それを端によけ、そのまま、たくあんを同じくらいの大きさに刻む。

ボウルに入れて置いておいたのは、クリームチーズだ。少し柔らかくなっているところに、クルミとたくあんを入れ、ゴムベラで混ぜた。

しっかり混ぜたら、ラップに落とし、円筒形に包んで形を整える。

本当はスライスするのかもしれないが、面倒なので、そのまま石のテーブルに運ぶと、スプーンですくって口に入れた。

チェアに座ってもぐもぐやりながら、コップのワインを飲む。

たくあんもクルミもチーズも、全く別方向の味なのに、一緒に食べると絶妙に香りが立つ。どの素材も混じる気配はなく、なのに反発もせず、心地よい歯ごたえを残した。

「パンにつけて食べたい……」

紗良はパンが好きだ。ご飯も好きだが、パンはもっと好きだ。特に、ハード系のものが好きで、甘いパンはあまり好みではない。

高級パンとかいう角食も、母親が送ってくるから食べていたが、甘くて驚いた。

いま部屋にあるのは、スーパーで買った148円也の6枚切り食パンだけだ。

美味《おい》しいけど。

深夜ドラマで主人公の男の人が言っていた、『パンだけは一度レベルを上げると戻れない』というセリフに、深く肯《うなず》いたものだ。

強力粉はあるのだが、あいにくとドライイーストを切らしているので、作ることも出来ない。

やっぱり横着せずに買っておけば良かった。

最後の夜を思い出す。日本での、最後の日のことだ。

その日の紗良は少し落ち込んでいて、それで、買い物をさぼった。

何もせずに家に帰って、寝てしまおうと思ったのだ。

あの時ちゃんといつも通りにスーパーに寄っていたら、もっと冷蔵庫も充実していたかもしれないのに。

そこまで考えて、やめた。

日本のことを思い出すと、じんわりとした不安感に襲われる。

もう戻れないとノートは言うが、本当か？

今、家族はどうなっているの？

本当に、このまま一生ここで暮らすの？

ワインを飲んで、それら全ての疑問を胸に押し込む。

紗良は、部屋からカップラーメンを持ってきて、お湯を沸かし始めた。

外で食べるカップラーメン。

いいじゃん。

ジャンクな匂いと味を久しぶりに堪能《たんのう》し、満足して一日を終えた。

9

冷蔵庫を開けた紗良は、首を傾げた。

この間採って来たリンゴが、なんだかしなっとしている。

レモンともども一個も消費していなかったから気づかなかったが、もしかしてというか当然というか、この世界のものは部屋に持ち込んでもリセットされないようだ。

ハーブ類は冷凍してしまったが、正解だったということだろう。

となるとやはり、冬ごもり用には保存食を作らなければならない。

植えるつもりだったものも、めんどくさくなって摘《つ》んでしまったから、また採りに行かないと。

とはいえ、まだ秋が始まるかどうかといったところだ。森を探索する範囲を広げながら考えよう。

「あ」

紗良は、手を打った。

急いで、シンク下を漁ってみる。

取り出したのは、保存瓶だ。以前、ザワークラウトに馬鹿みたいにはまって買いまくっていた時のもので、そこそこ大きい青い蓋の瓶。

天然酵母を作ろう。

パンだ。

パンが作れるかも。

開けっ放しのシンク下から、鍋も取り出す。その鍋に水を入れて瓶を沈め、そのまま火にかけた。

それとは別に、朝食も作ることにした。

再燃したパン熱が冷めやらぬまま、小麦粉を取り出す。ボウルに出して塩を混ぜ、水を入れてこねつつ、オリーブオイルを追加して、さらにこねる。

丁度良い配合が手に取るように分かるのは、【料理】スキルのおかげだろう。

しばらく沸騰させた鍋の火を止め、ボウルにはラップをかけて、シャワーを浴びに行くことにした。リセットされているから別に一生入らなくても良さそうだけれど、日本人にとってお風呂ってそういうものじゃないから。

ちゃんとドライヤーをかけ、珍しく寝ぐせのない髪でキッチンに戻り、煮沸消毒した瓶をつついてみる。触れるくらい冷めたようだ。

冷蔵庫からリンゴを取り出し、二つほど、四つ割りに切った。種も皮も全部そのまま、瓶に入れ、水を一杯に注ぐ。ふちぎりぎりまで注いでから蓋を閉め、冷蔵庫に仕舞った。

1週間もあればできるだろう。

続いて、休ませておいたタネをボウルから取り出し、まるめて、打ち粉を少しふったまな板で丸く伸ばす。

生地を火にかけたフライパンで焼くと、いい匂いがしてきた。

チャパティとナンの中間のようなそれに、同じフライパンで追加で焼いたソーセージを挟み、マヨネーズとカレー粉であえた千切りキャベツを挟む。

コーヒーと共に抱え、外に出た。

今日もいい天気だ。

チェアに座って、朝食にする。

川面《かわも》がきらきら光り、暑くなりそうな日差しも今はまだ爽やかな匂いがする。それをかき消す香ばしいカレー粉の匂い。パリッとしたソーセージと、焼き立てのチャパティもどきは、キャベツをしんなりさせて一体化している。

よし、今日は家庭菜園計画に手を付けよう。ドアとかまどの中間地点あたり、草地を掘り返して、畑にするのだ。


「なんでだ……」

【戦士】のレベルは11になっている。何もしていないが、体力を使えば伸びるらしい。

それに、【園芸】のレベルも8だ。これは、森で採取をしたからだろう。

これらを合わせれば、畑づくりなんて余裕のはずだった。

なのに、なんだかとてもつらい。普通に生きているうえでは使わない筋肉が悲鳴を上げている。

せっかく錬金釜で作ったクワも、もはや地面から50㎝ばかりしか上がらないのだ。

よし、やめよう。

紗良は、腰にぶらさげたタオルで汗をぬぐい、クワを投げ捨てた。

自由に生きられるというのに、なぜ好き好んで労働をしているんだ。

こんなの間違っている。

とりあえずまんべんなくレベルを上げたいという、受験戦争を潜《くぐ》り抜《ぬ》けてきた日本人的発想は、捨てなければならない。

「複製《イミタティオ》」

残して積んでおいたレンガを、さらに増やす。

思いついてノートを覗いてみると、紗良の考えを読んだらしく、新しいページができていた。

＊＊＊＊＊＊＊＊＊＊＊＊＊＊＊＊＊＊＊＊＊＊＊＊＊＊＊＊＊＊＊＊

〈新しい資材〉

資材と資材の隙間を埋めてみましょう。

サステントを作ります。

材料はこれ！

＊＊＊＊＊＊＊＊＊＊＊＊＊＊＊＊＊＊＊＊＊＊＊＊＊＊＊＊＊＊＊＊

知らない名前だが、要はモルタルだろう。

さすがに新しい素材を採って来なければならないようで、地図を見ると、以前の採石場よりもやや遠いが、森の浅い位置にある。

紗良はブーツに履き替えて、使い古した、でもまだまだ使えるレジ袋を持って、採取場所に向かう。

一つは粘土質の土、もう一つは白っぽい色をしているので石灰岩かもしれない。

さらに二つほど、鉱石を採ってくる。

最後の方はちょっとふらいついたが、前回ほどへとへとにはならなかった。やはり、【戦士】のレベルが上がったからだろう。

採って来たものを、水と一緒に錬金釜に入れて、呪文《スペル》を唱えた。

ぼっふん、という音と共に、何かが出来上がった。

覗いてみると、どろっとしたものが見える。

さてどうしよう。

紗良は少し考え、さっきまで使っていたレジ袋に移すことにした。

なんにでも使えるという信頼がすごい。

世界は樹脂の発明によってきっと変わったに違いない。

とにかく材料はそろった。

レンガを魔法で運び、隙間にモルタルを挟みながら一列に並べる。

その上に、さらにモルタルを塗り付けた。

いや何か違う名前だったけれど、覚えていない。

日本でならモルタルにあたるのだから、それでいい。

同じように、二段、三段とレンガを積んでいき、それをぐるりと四方に作る。

最終的に、ちょっと大きめの浴槽のようなものが出来上がった。

とても大きなプランターのつもりだがコンテナといった方がいいかもしれない。

同じものを、四つ、田の字に並べて製作すると、一般家庭の菜園くらいの規模にはなった。

土を掘り返すのではなく、コンテナの形にしたのは、季節ごとに中の土をまるごと入れ替えるつもりだからだ。そうすれば、連作障害も起こらないし、土づくりもしやすい。

魔法がなければとてもやれるものではないが、指先一つで可能にする力を、紗良は持っている。

力こそパワー。

さて問題は、中に入れる土と、植えるものだ。

まずひとつは、ハーブ類にしようと考えている。先日の森探索で発見した数種類だ。あれを、土ごと持ってくる。

元々育っている場所の土なら、酸度がどうたらを調整する必要もないだろう。

そもそも、何にどういう土が適しているとか、知らないので調整しようがない。

残りはまた考えよう。

ふと時計を見ると、午後の2時を回っている。道理でお腹が空いているわけだ。

山に入るのは後回しにして、何か食べておくことにした。

何にしようか、と考え始めて、ひらめいた。

紗良は、吸い寄せられるように部屋に駆け戻り、食パンとその他もろもろを持ち出した。

かまどに火を入れておく。

『自身がリセットされているのではないか』となった時から、ずっと考えていた。それを実行に移す時だ。

持って来た食パンを一枚、調理台に置く。

そこにこんもりのせたのは、缶詰のあんこ。そして、5㎜幅で切り出したバター四枚を、さらにあんこでサンドする。

二枚目のパンとともに、ホットサンドメーカーにぎゅっと挟み、かまどの網にセットした。

パンの水分が少し抜けていき、表面がカリッとしていくのが、感覚で分かる。

ありがとうスキル。

ありがとうレベル。

絶対に焦がしたくない、でも焼き足りないこともない、絶妙のタイミングで引き上げることができた。

切ろうか切るまいか迷ったが、これでもかと具を詰めたので、端がきっちり閉まっている方が良いだろうと、そのままかぶりつくことにする。

空いたかまどにやかんをかけてから、チェアに座り、一口。

いい音がする。

香ばしく焼けた表面から、柔らかい断面に歯が入ると、中から一気にあんこが溢れてきた。

温かい甘い香りに、バターの濃厚で独特な香りが混じり、幸せの味がした。わずかなしょっぱさが、次の甘さを引き立てる。

「カロリー万歳、リセット万歳！」

紗良は叫び、ぺろりとあんバターサンドを平らげた。

10

結局、あんバターサンドを堪能した後、コーヒーを飲んでのんびりしてしまったため、ハーブ採取は翌日となった。

前回は北へ向かってからぐるりと三角形で移動したが、今回は真っ直ぐ採取場所へ向かう。

行って帰って、作業を含めても1時間といったところだろう。

それでも、ザックに遭難セットは入れて行くことにする。

分け入った森の中は、河原よりもだいぶ涼しい。低木が多いが、それでも影になる場所は多いものだ。

しばらく進むと、記憶通りの場所にハーブが群生している。

まずは根っこごと掘り、みんな大好きスーパーのレジ袋に入れる。それをさらに、靴が入っていた箱に入れる。四つほどになったが、これで積み重ねても潰れることはない。

さらに、今日は45ℓのゴミ袋も持って来た。掘り起こしたハーブの下、現れた土をごっそり持って帰るつもりだ。

【魔法使い】のレベルは32に達し、複数の荷物を20分程度運ぶことも可能になっている。

一度持って帰ってみて、足りなければまた来よう。今日のところは、ゴミ袋五つ分にしておく。

あまり大穴を空けても良くないかもしれないので、左右に範囲を広げて掘っていく。

カサ、と草むらが鳴った。

紗良は動きを止める。

予想はしていた。

横目で見ると、案の定、見たことのある蛇がいた。喉の赤さが、自分の足から流れた血を思い出させる。

今日はやる、と、決めていた。

森からの恵みで生きていかなければならない以上、今までの感覚では生きられない。

忘れられない足の痛みが、それを後押しした。

蛇と見つめ合う。

憎いわけではないけれど。

紗良は、指を三回振った。

そして呪文《スペル》を唱えようとした。

だが、切断《アウラ》の一言が言葉になる前に、横から突然、大きな黒い塊が飛び出し、紗良の目の前に着地した。

そして喉から飛び出したのは、呪文《スペル》ではなく、盛大な悲鳴だった。

「ぎゃぁぁぁぁぁぁ！」

大きい。

目の前にいたのは、黒いヒョウに似たあの生き物。紗良のホットサンドを食べて行った獣だ。

重量感が圧倒的で、心臓が縮み上がる。

その獣は、紗良の悲鳴に反応するように、耳をぺたりと後ろに倒した。

最悪なことに、反射的なその大声は、蛇も刺激した。

声がやんだ瞬間、その長い身体が躍り上がるように紗良に向かってくる。

噛まれる、と、身体を硬くした。

身構える紗良は、とっさに魔法で対抗することもできず、目を閉じてしまう。

風を感じた。

なのに、痛みはいつまでも襲ってこない。

そっと目を開けると、なぜか、蛇はまっぷたつにちょん切れて転がっていた。

うごめくしっぽの横にいたのは、黒い獣だ。こいつが蛇を爪で切り裂いたようだった。

混乱する紗良の目の前で、不意に、獣が吠えた。

苦し気な声とともに、その大きな身体がどうと倒れる。

足元に、もう一匹の喉の赤い蛇。

そうだ、この蛇は、二匹で現れる。ペアなのかもしれない。片方がやられたのを見て、反撃したのだろうか。

分からない。

けれど、紗良は、今度こそ迷わなかった。

「切断《アウラ》！」

二匹目の蛇は、獣に噛みついていた頭を残して、飛んで行った。

やがて、残った頭もぽろりと落ちる。

枝でそいつを突《つつ》き、完全に動かないのを確認してから、遠くに押しやる。

獣は、太く低い声で唸りながら、倒れたままだ。

相打ち、という言葉が浮かぶ。

紗良にとっては、二つの脅威が一気に片付いてくれたことになる。

獣は目を閉じてしまった。ふさふさした毛で見えないが、おそらく、噛まれたところから皮膚が毒に浸食されているのだろう。

目の前で、獣はみるみる息が浅くなっていく。

「え……解毒《エクステイングレ》！」

気づけば、そう叫んでいた。

獣の唸り声が止む。しかしそれは、弱ったものの体力が尽きたかに見える。目は開かないし、もはや息遣いもほとんど聞こえない。

「あ、あ、癒し《アウロラ》！　癒し《アウロラ》！」

仄《ほの》かに獣の身体が光る。

それでも、目は閉じたままだ。

紗良は震える手で、マニュアルを取り出した。おぼつかない指先は何度も滑り、ページをめくり損ねた。

なんとか開いた最新のページに、新しい記述がある。

＊＊＊＊＊＊＊＊＊＊＊＊＊＊＊＊＊＊＊＊
〈魔力残量を意識しよう〉

日常生活を送る分には全く問題のない魔力量ですが、大きな魔法を行使する時は、残量を意識しましょう。

魔力量がゼロになると、意識レベルが低くなってしまいます。

安全地帯《パルサス》でなければ身の危険があります。
＊アプリにステータスを追加しました！
＊注意するべき大魔法
右の拳と左の手のひらを合わせて　完全なる癒し《サルヴアトルアウロラ》
＊＊＊＊＊＊＊＊＊＊＊＊＊＊＊＊＊＊＊＊

今日使った魔力はどのくらいだ？

残量に対しての割合は？

全く分からない。

けれど、アプリを開いてステータスを確認するような暇はないのだと、本能が告げていた。

だから紗良は、握った右手を祈るように左手で包み、叫んだ。

「完全なる癒し《サルヴアトルアウロラ》！」

そのとたん、今までの仄かな光とは明らかに違う、眩《まぶ》しい発光が目を焼いた。

思わず目を閉じる。

「あ、これは……やばい……」

閉じた瞼《まぶた》の暗闇が、とても心地よかった。目が開けられないくらいだ。

開けなくちゃ。

そう思いながら、紗良はゆっくりと意識を落とした。


どのくらい気絶していたのだろう。

身体をゆっくり揺さぶられるような感覚とともに、耳が音を拾い始める。

最初に聞こえたのは、鼻息だ。次に、足音。草地を行く、何か重いのに軽やかな足音だ。

また眠りそうになるが、懸命に振り切って目を開ける。

うっすらぼやける視界は、身体の感覚通りに上下していた。

そして、首のあたりがやけに苦しい。

これは……何が起こっているのか分からない。

やがて、草の丈が短くなっていき、耳は聞きなれた音を拾い始める。

川だ。せせらぎの音が、涙が出るほど懐かしく聞こえる。

そのあたりで、急に首が解放された。

同時に、ゴスッと地面に放り出された感覚があり、一気に目が覚めた。

「い、痛い……」

意識はあるが、身体は思うように動かない。

それでも、視界の端にあるのは、今では命綱といってもいい、我が部屋のドア。

紗良は、残った力を振り絞るように、這いずってドアに近づき、上半身だけ伸ばしてなんとかノブを掴むと、玄関に転がり込んだ。

ああ、生きている。

そして、そのまま、また眠り込んだ。


いてててて、と起き上がる。

玄関のたたきで目が覚めるのは、これで二度目だ。

硬いタイルが単純に痛い。

それでも、体調はどうやら問題がないようだった。

頭が回らなかった昨日に比べ、思考もはっきりしている。

獣にくわえられて、ここまで帰って来た。それしか考えられない。

気まぐれだろうか。それとも、紗良が命を助けたことを理解しているのか。

とはいえ、紗良もまた、この獣に助けられている。
いやあれはさすがに、迫って来た蛇をとっさに叩き落としただけだろうけれど。
結果的に噛まれずに済んだのは確かだ。
今はっきりしているのは、紗良は生きているということ。
獣は紗良を殺さず、食べず、そしてここへ運んできてくれた。
次に会った時、向こうはどう出るだろう。
攻撃して来た時、対抗できるだろうか。
複雑な気持ちのまま、シャワーを浴び、少し気分転換をしようと外に出ることにした。
ドアを開く。
っていうか、昨日、出かけるとき鍵かけ忘れたな。
目線を上げると、黒い獣が座っていた。
「ぎゃぁぁぁぁぁぁ！」
紗良の悲鳴に、そいつは、耳をぺたりと倒してひげを震わせた。

11

固まる紗良に対して、獣はやけに落ち着いた様子だった。
腹を地面につけた座り方で、ゆっくりとしっぽが揺れている。
これは機嫌がいいのか、悪いのか、猫を飼ったことがない紗良には分からない。

そもそもネコ科でいいのだろうか。

無意識に後ずさってしまい、悪手だと思い直す。蛇の時にした間違いを、あっさり繰り返す自分に舌打ちしたくなった。

しかし、獣はこれみよがしにあくびをしている。

くわぁっ、と開いた口は、鋭い牙と真っ赤な舌が覗き、眩暈《めまい》がするほど恐ろしい。

埒《らち》が明《あ》かないとでも思ったのか、獣がぐっと伸びをしながら立ち上がった。

でかい。

怖い。

のけぞる紗良の前で、獣は少しだけ離れた位置に移動し、またのっそりと座った。

分からない。

何がしたいのだ、こいつは。

ひどくゆったりした動作ではあるが、獣の目は、じっと紗良を見つめている。ぺろりと口の周りを舐めている。

とりあえず、紗良はそろそろと部屋に戻り、素早くドアを閉めてからマニュアルノートを開いた。

＊＊＊＊＊＊＊＊＊＊＊＊＊＊＊＊＊＊＊＊＊＊＊＊＊

〈生き物との共存・敵対　1〉

基本的な考え方は、元の世界と変わりありありません。

野生動物との共生は難しく、特に肉食の動物はみな敵と考えておきましょう。

草食動物を愛玩《あいがん》することは種類によって可能ですが、この世界の生き物は部屋に入れられないため、外飼いとなります。

あなたにとって危険な動物がいると同時に、あなたもまた、彼らにとって危険な存在です。

あなたはいずれ、狩りをするでしょう。

恐れ、かつ恐れられる、それが生き物との生活です。
＊新しい魔法を覚えよう！
手のひらを空に向け　安全地帯《パルサス》
＊近隣の動物の種類はこれ！
＊＊＊＊＊＊＊＊＊＊＊＊＊＊＊＊＊＊＊＊＊＊＊＊＊

つまり、あいつは敵。

何ページも使って描いてある動物の絵は、とりあえずおいておく。

それより、呪文の方だ。

これは以前に紗良が聞いた時、レベル不足で教えてもらえなかった、獣除けの魔法だろう。

さっと外に出る。

「安全地帯《パルサス》！」

獣に向かって叫ぶ。

手のひらから、獣を含めて、紗良の周囲半径7、8ｍの範囲が一瞬ドーム状に光る。

そして獣からは、くあぁ、とあくびが返って来た。

「なによこれ！　効いてないじゃん！」

しかし、今までノートが嘘をついたことはない。

もう一度ノートを開いてみる。

確かに、獣除けとは書いていない。楽園を意味する安全地帯という呪文はつまり、紗良にとって危険ではないエリアを創り出す、ということだろうか。

だとすれば、この獣は、紗良にとって危険ではない、となる。

まあ確かに、敵意がある様子ではない。

待つことに飽きたのか、前脚を伸ばして、そこにぺったりとあごをのせて寝そべっている。

まじでなんなんだこいつは。

開きっぱなしだったノートに、新たに文章が浮かび上がって来た。

＊＊＊＊＊＊＊＊＊＊＊＊＊＊＊＊＊＊＊＊＊＊＊

〈生き物との共存・敵対　2〉

野生の生き物という点において、元の世界との違いは、魔物の存在が大きいと言えるでしょう。

とはいえ、共生という点では野生動物とほぼ変わりありません。

魔物は攻撃力の高い肉食動物だと思いましょう。

魔物は野生動物とは違い、人間の食べるものはなんでも食べられる雑食です。

食料保存には十分注意しましょう。
＊近隣の魔物はこれ！

＊＊＊＊＊＊＊＊＊＊＊＊＊＊＊＊＊＊＊＊＊＊＊＊＊＊＊＊＊

これ！　じゃないんだよ。

魔物がいるのか、この世界に。魔法があるから不思議ではないが、にわかには信じがたい。紗良のイメージする、魔物が跋扈《ばっこ》する世界とは、剣と魔法の世界だ。

確かに魔法はあった。

では、剣を持って戦うような世界でもある、ということだろうか。

そういえば、ジョブスキルらしきところには、【戦士】があった。

スマホを開いてみる。

【魔法使い】【賢者】【戦士】の他に、【召喚士】【弓術士】【暗殺者】と、いくつか並んでいる。最初の三つ以外は、レベルがゼロだ。

「ガンナーとかない……機械系もない」

もしかして、紗良のいた時代より、ずっと遡《さかのぼ》った年代なのだろうか。

だとしたら、部屋ごと異世界転移したことがいかに僥倖《ぎょうこう》だったたことだろう。

もし部屋がなかったらと思うと、震えがくる。

いよいよもって、ここから離れる気が失せた。

やっぱり、ここで生きていこう。

決意を新たにしたところで、お腹が空いてきた。昨日の昼頃に意識を失ってそれきりだし、魔力が枯渇《こかつ》したという点でも、何か食べたほうがいいだろう。

部屋に戻ると、炊けたご飯とフライパン、その他もろもろを持って再び外に出る。

すると、獣がすっと立ち上がった。

こいつのこと忘れてた。

それの目は、紗良の抱えているものに釘付けのようだ。

そうか、と合点がいった。

前回この獣は、紗良のホットサンドを半分食べて行った。

あれだ。

自然界にはない濃い味付けが、すっかり気に入ったのだろう。

「餌《え》付《つ》けしてしまった……」

元の世界なら、炎上しているところだ。野生動物を餌付けして生活圏に呼び込むなんて、あってはならないことだ。

ただ、ここには紗良以外誰もいない。

それに、魔法によって、敵意がないことも分かっている。

なにより、こいつは何か食べないと帰りそうもない。

紗良は仕方なく、かまどに火を入れ、フライパンをかけた。

サラダ油をたっぷりめに入れておく。

ねぎを細く斜めに刻み、ベーコンも細めに切った。

フライパンがしっかり熱くなったところに、ベーコンを入れる。

内釜ごと持って来たご飯に、卵を二個、直接割り入れてさっくり混ぜ、そのままフライパンに流し込んだ。

最初はあまり動かさず、火に近い部分が固くなり始めたら、底からこそげるように返していく。

全体がぱらぱらになりはじめたら、ねぎを入れる。

頃合いをみて、顆粒の中華だし、塩コショウと、ごま油を追加して、あおるように炒めたら、出来上がり。

木べらでそのまま、半分をどんぶりに盛り、紅しょうがを添えた。

少し迷って、残りの半分を、三個分のおにぎりにする。

「あっち、くっそ、あっつ……！」

お母さんが聞いていたら怒られるなと思いながら悪態をつき、必死で握ると、石のテーブルに載せた。

その手の甲に鼻息がかかるくらいの速さで、獣がやって来た。何も言わないうちに、一つ目のおにぎりが牙の奥に消えた。

あ、ばかだな、と思ったが、止める間もなかったのだから仕方ない。

獣は、熱さに唸りだした。

ホットサンドで学習しなかったのだろうか。

そうは思ったが、ほんの数十cmの位置にいる重量感が怖くて、何も言わずにそっと離れた。

川で手を洗ってきてから、チェアに浅く座って、ねぎたまごチャーハンを食べ始めると、獣はすぐに二個目をぱくりと食べている。続けて三個目。あっという間にテーブルを空にすると、獣は、じっと紗良の手元を見た。

誰がやるか。

紗良が抱え込むように食べ始めると、不満そうにしっぽを揺らす。それでも何も出てこないと分かったらしく、獣は、川へ向かった。浅瀬で水を飲み、それから、悠々と森の奥へと消えて行ってしまった。

紗良はほっとして、残りのチャーハンをかきこんだ。

さて、今日やらなければいけないのは、昨日の後始末だ。意識を失ってしまったせいで、ハーブの採取場所に、全てを置いてきてしまっている。最低限、ザックだけでも取りに行かなければ。

スマホはジーンズのポケットに、マニュアルノートはお腹に挟んでいたせいで、一緒に帰ってこられた。マップ頼りで移動しているので、これは本当に良かったと思う。

三度目になれば、見覚えがあるな、という場所も増えてくる。

ずっとスマホ頼りも不味《まず》い気がして、一応、周りを見ながら進み、予定の場所にたどり着く。

靴の紙箱が四つ、そして土をぱんぱんに詰めた45ℓゴミ袋が五つ、ちゃんと残っていた。

少し離れたところに、ザックも発見して、胸をなでおろす。これがなければあとは、トートやショルダーバッグしかない。失くしたら困るところだった。

全部まとめて、魔法で運ぶことにする。

箱の中のハーブは少ししおれていたが、コンテナに植えて様子を見るしかない。

根付いてくれるといいな、と思いながら、ザックをよいしょと背負った。

近くの食べられる植物とか、増えてないだろうか。

紗良はマニュアルノートを開いてみたが、最後のページは、近隣の魔物の絵が載っていて、どうやら新しい教えはないらしい。

「……ん？」

ふと、その絵の一つに目が留まる。

少し毛足の長い、黒ヒョウのような生き物が描いてある。

あらやだ、どこかで見たことがあるわね。

12

コンテナに土を入れ、その上に、靴の箱から出したハーブ類を載せる。

根っこごと掘り出しているから、根付かないということはないだろうが、育つかどうかは別だ。

そして、早くもひんやりし始めた空気を感じ、今から菜園を作るのはちょっと無理そうだ、と考える。

日本で言えば、秋の始めといったところか。来年の春に何か作り始めるならまだしも、今からでは収穫までに冬が来てしまうだろう。やはり、食料を集めて保存食にするほうが良い。

とはいえ、部屋にある食料はリセットで再生するので、飢えるということはないのだから、さほど差し迫った話ではなかった。豊かな食卓のためには必要、というだけ。

紗良は、旬にはちょっとうるさい。

母親に教え込まれた、という訳ではないが、その影響を受けていることは否定できない。

紗良の母親は、料理学校を経営している。

元々料理好きで、家では斬新なメニューよりも、基本の料理を好んだ。

母がいない日はお手伝いさんがいたし、紗良は自宅で包丁を握ったことはないが、彼女たちの傍《そば》でよく調理の様子を眺めていたものだ。

一人暮らしを始めてから、ようやく、見よう見まねで料理をするようになった。

実践経験のなさが、結局、シンプルチャーハンとか目玉焼き丼とか、独身サラリーマンのような食卓になって表れている。舌だけは肥えているので、やっかいだ。

父親も、別の会社を経営していて忙しそうだったが、母が作るとなれば必ず夕食に間に合うように帰ってきていたものだ。

とても、恵まれた生活だった。

そのことに気づいたのは、大学に入ってからだったけれど。

恵まれた生活が、他人から見れば妬《ねた》ましいものだということも、その頃に初めて知った。

だから、きっと、自分は異世界に――。

紗良は頭を振って、家族について考えるのをやめた。

ふと、川が、目に留まった。こちらに来てから毎日見ている、川。

「魚、食べたいな」

冷蔵庫には、塩鮭と冷凍のタコ、あとは実家から届いたホタテとたらこがある。それ以外に魚介類はなかったと思う。

あとで冷凍庫をちゃんと漁ってみよう。

いずれにしても、川魚は魅力的だ。

紗良は、川岸に寄ってみた。

手前は砂地になっていて、ゆるい内カーブだが、外側に行くほど深く急流になっているのが分かる。とはいえ、流れは全体的に弱く、かなり下流であることを感じさせた。

紗良は釣りをしたことがない。釣り竿も持ったことがないので、構造が分からない。

ステンレスの化学構造を知らなくても錬金できたように、釣り竿もできるだろうか？

ためしに、木と適当な金属インゴットを放り込んでみた。

呪文《スペル》を唱えたが、いつもの手ごたえはない。

釜を開いてみると、材料がそのまま残っていた。

「うーん、ほんのイメージすらないもんな、釣り竿とか……」

あの手で巻く部分とか、糸が先端までどう渡っているのかとか、全く想像もできない。絵に描けと言われたら、浦島太郎が持っていたような竿しか描けない。

「……それでいっか」

紗良は釜の中身を一度取り出し、木材とインゴット、それから、鉱石を運び焚き付けを拾いセメントを入れて使いつくした、スーパーのレジ袋を代わりに入れた。

「生成《クレアーレ》」

ぼっふん、と音がして、紗良は蓋を開けた。

手を入れて触れたものを、にゅーっと引っ張り出す。

しなる竿の先端に、ナイロンの釣り糸が付いていて、その先に返しのついた釣り針がぶら下がっている。

うん、これでとりあえず。

紗良は竿を担いで、新しいレジ袋をポケットに入れ、川に再び近づいてみた。

どうだろう。

覗き込んでみるが、魚の気配は感じない。イメージだと、上流のほうがいそうな気がする。

あまり部屋から離れたくはないが、少しだけ、川岸を上ってみることにした。

対岸は、かなり深く藪が生い茂っている。反して、こちらはひらけていると言えるだろう。

5分ほど歩いていくと、随分と大きな岩が立ちふさがった。

下流だと思っていたが、こんなサイズの岩があるなんて。

とはいえ、高さは1mほど、そして上面は平たくなっている。

ちょうどいい。

紗良はその岩をよじ登り、ふちに足をかけて座ると、ビニールが入っているのとは逆のポケットから、魚肉ソーセージを取り出した。

歯でフィルムを開け、少しちぎって針につけると、ひょいと川面に投げ入れる。

そうして、紗良は、じっと待った。聞こえるのは、川のせせらぎと、遠くで鳴いている鳥の声だけだ。太陽は高い位置にあり、十分に暖かい。

まあ、魚が釣れるなんて思ってなかった。

けれど、いつかは釣りたいとも思っている。

そのためには、竿をどう改良しようか、考えなければならないだろう。手始めに浦島太郎の竿を作ってみたが、アイディアはまだ浮かんでいない。

どのくらい経っただろう、ぼうっとしていた紗良は、竿に今までなかった手ごたえを感じた。小刻みに振動がくる。

これは……アタリというやつだろうか？

全く分からない。

その時、ぐっと竿が引かれ、紗良は慌ててすっぽ抜けそうなそれを強く掴む。

次の瞬間、手ごたえはあっけなく消えた。

針を引き上げてみる。

「ギョニソなくなってるじゃん」

何かがいる。

紗良はがぜん、やる気になった。

少し乾いて硬くなったソーセージをちぎってつけ、二度目の投入だ。

目を凝らしてみると、水面《みなも》に小さく跳ねるものがある。

何かがいる！

ツン、と何度かアタリがきた。

紗良はじっと我慢し、ぐいと引かれる瞬間を見極め、竿をはね上げた。

「あっ」

魚の全身が見えた。水面にきらりと光り、そして、手ごたえの消失とともにぽちゃんと水の中に落ちていく。

「あああああー」

いける。

がんばればいける。

紗良はそれから、ソーセージをつけては投げ入れること十五回、もうそろそろ一本なくなってしまうと焦りだした。

っていうか十五回も釣りそこなってまだ食いつく個体がいるとか、警戒心なさすぎて間抜けな魚ではないか？

「その間抜けな魚すら釣れないなんて、私は……？」

そしていよいよ十六回目。ぐっと引かれた竿を、ほんの少し置いてから強く引き上げる。

重みは消えなかった。

左に振り回すように引っ張り上げると、きらめきと水しぶきと共に、魚が河原にぴしゃりと落ちた。

紗良は急いで、岩を降りた。

思ったよりも大きい、20cmはありそうな魚が、ぴちぴちと跳ねている。

イワナに似ている。一応、マニュアルを開いてみる。案の定違う名前が付いているが、食べられることさえ確認できればそれでいい。

紗良はそれを勝手にイワナと呼ぶことにした。

少し迷ったものの素手でがっしりと魚を掴み、口から針を外す。返しが引っ掛かったが、手首を返すようにすると綺麗にとれた。

それをレジ袋に入れ、意気揚々と自分の部屋へと帰った。

魚は何度かさばいたことがある。

鱗と匂いの処理でいつもげんなりするので、今日は外にまな板を持ち出した。

川の傍に座り込み、包丁の背で鱗を引く。頭を落とし、内臓を取り除いて、全部まとめて川に流した。多分いろいろとダメな行為のような気がしたが、日本でもなければ人もいないので気にしない。

「……この川の水、飲める？」

マニュアルに聞いてみる。

＊＊＊＊＊＊＊＊＊＊＊＊＊＊＊＊＊＊＊＊＊＊＊＊＊

〈飲料水問題〉

現在拠点にしているエリアの川は、人体に害のないレベルです。

ただし、日常的に飲料水にするのはお勧めしません。

水を引きたい場合、井戸を掘るか、魔法を使いましょう。
＊水を出す
手のひらを向けて　流水《フルクツ》
＊攻撃する
人差し指を向けて　貫通《トレンス》

＊＊＊＊＊＊＊＊＊＊＊＊＊＊＊＊＊＊＊＊＊＊＊＊＊

現代日本よりかは大分綺麗なのだろう。

紗良は、川の水で魚の血とまな板をすすぎ、流水《フルクツ》の魔法で仕上げ洗いをすると、中骨に沿って三枚におろした。

まな板ごと、イワナを調理台まで戻って来た。

それにしても大きい。

紗良にとっての川魚のイメージは、小ぶりで串に刺してたき火で焼くものだ。

紗良は部屋から調味料と、それからコンテナに植え付けたハーブの中からローズマリーらしきものを摘んできた。

かまどに火を入れ、フライパンをかける。軽くオイルをひいて、スライスしたニンニクと、ハーブを入れる。

ぱちぱちと気持ちの良い音を聞きながら、さばいたイワナに塩コショウと小麦粉をはたいた。

香りが立ったところで、フライパンにバターを追加する。

オイルを先にいれておくことで、バターが焦げるのをふせぎ、キツネ色になったニンニクとハーブを引き上げる。そこに皮目からイワナを入れた。

幸せな匂いがする。

紗良は急いで、ビールを取りに行った。

ツマミ用の煎っておいたクルミと共に戻り、イワナの様子を見ながら、ひっくり返して両面を焼く。

焼き上がりを見て、ニンニクを戻し、フライパンごと石のテーブルに運んだ。

ちょっと食べにくいが仕方ない。

そうだ、ここで食べるのに使えるちょうどいいサイドテーブルを作ろう。

そのうち。

箸でほぐして、カリカリの皮と一緒に口に入れる。臭みがなく、ニンニクとバターに負けない魚の味がちゃんとする。川魚独特の身の舌触りと歯ごたえがとても良い。

ビールを飲む。

ふと見ると、月が出ていた。

夕暮れから夜に移る特別な時間だった。

少し肌寒かったので、たき火を設置する。たき火用の薪も貯蔵しておかなくては。

枝ではなく、幹を使うとすると、やはり乾燥させなくては駄目なのだろうか？

あとでマニュアルノートに聞いてみよう。

今はただ、月を眺めながら、たき火のはぜる音を聞く。

13

朝、バタートーストをかじりながら、昨夜のたき火の後を片付けた。

毎回ほうきで掃くの、面倒だな、と考え、何かいい案はないかと頭を巡らせる。

パンを食べ終え、コーヒーを落とす頃に、はたと思い当たる。

森でどうぶつと暮らすゲームで、キャンプ道具がいくつか出てきたはずだ。その中の、ちょっとレアな、たき火用のあれ。

なんだったっけ……そう、ファイヤーピット？

仕組みは分からないが、器っぽい感じのあれを使えば、中身を捨てるだけですむのではないだろうか。

今のところ、たき火跡は森の入り口にまとめて捨てている。しばらく経つと風化するのか、溜まって困るということもない。

「薪ってどのくらい必要？」

＊＊＊＊＊＊＊＊＊＊＊＊＊＊＊＊＊＊＊＊＊＊＊

〈越冬準備〉

このエリアは、冬があります。

朝晩はうっすら雪が積もるでしょう。

日中は防寒着で過ごします。

元の世界と同じように、植物の実りは大幅に減ることになるため、今と同じような食生活にはなりません。

対策をしましょう。

薪は都度の調達で構いません。

着火《フレーマ》の魔法はその名の通り、炎を操るもので、その瞬間に薪の乾燥も済んでいます。

現在は秋です。

実りの季節です。

多くの食べ物は、土に埋めておくことで長持ちするでしょう。

また、保存の魔法もあります。

しかし、レベルが不足しているので、どんどんレベルアップを目指しましょう！

＊＊＊＊＊＊＊＊＊＊＊＊＊＊＊＊＊＊＊＊＊＊＊＊

そうだよね、幹だろうが枝だろうが乾燥は必要だった気がしてきた。

紗良は分かりました、と肯き、森へ食料調達に行かなければならないなと考える。

しかし、今は先に、思いついたファイヤーピットを作っておこう。

錬金で作ったちりとりはちょっと重い。たき火跡の燃えカスをのせると、もっと重い。鉄と銅とステンレスの他に、どうやらアルミも必要だ。

「アルミホイルを錬金釜に入れればいいのでは……？」

それも後でやってみよう。

紗良は森の入り口まで歩き、ちりとりの中身を捨てる。

それでは錬金釜を……と考えながら視線を上げると、そこに、獣がいた。

「……ひゅ！」

紗良も成長する。遭遇すれば悲鳴をあげていたけれど、ぐっと喉の奥で我慢することができた。

相変わらず重量感のある大きさで、膝が震えそうになる。

ちなみに、安全地帯《パルサス》は常時発動にしてある。

だから、敵意がないことだけははっきりしているが、熱を持った息遣いや、鋭い牙と爪はなにか本能的な恐ろしさを感じるのだ。

紗良が悲鳴を飲み込むと、獣はとすとすと足を踏み鳴らしながら一度その場で一周し、さらに後ろを向いてしまった。

もぞもぞと何かをしている。

何だろう。

思わず興味を持って首を伸ばした途端、獣はくるりと振り返った。

そして、口にくわえていたものを、重い音を立てて紗良の足元に放り出す。

それは、動物だった。

紗良の身長の半分ほどの体長で、しかしまるまると肉のついた、ブタに似た動物。

死んでいる。

紗良の喉から、さっき飲み込んだ悲鳴が絞り出された。

「ぎゃぁぁぁぁぁ！」

動物はぴくりともしない。

死んでいるからだ。

代わりに、獣は風でも浴びたように目を閉じ、それから、すっと背中を見せると森の中へと去って行ってしまった。

「ひぃ、待って、なんで置いていくの、なんなのよぉ！」

ざらざらとした体表が分かるほど近くに死骸があるが、驚きが強くて嫌悪感はない。ただとても驚いたので、反射的に叫んでしまった。

少し離れて、落ち着いて考えてみる。

昔、猫を飼っている友達が言っていた。朝起きたら、枕元にセミの死骸が転がっていて、飼い猫が慈愛に満ちた表情で友達を見ていた、と。

どういう意味かと聞くと、彼女は、飼い猫の言葉を代弁してくれた。

お食べ？

いやまて落ち着こう、あいつは猫ではない。

紗良は深呼吸しながらマニュアルノートを開く。

野生動物を紹介していたページに、目の前の動物の生きている姿が描かれていた。説明からすると、どうも豚っぽい。セルド、という名がついているが、豚と呼ぼう。食べられるらしい。

「……むりむりむりむり」

魚はさばける。

けれど、哺乳類のほうはちょっと、経験がない。あるわけがない。

獣には申し訳ないが、このようなお土産はちょっと困る。

左右にうろうろ歩きながら、どうしよう、と悩む。

置いておくわけにはいかないし、かといって自分で処理するとしたらどうしたらいいのか。

何より、捨て置かれた獲物を見たら、あの獣ががっかりするのではないか。

「……いやいやいやいや」

なんで獣の気持ちなど忖度《そんたく》しているのだろう、自分は。

そもそもあれは、獣ではない。

忘れたふりをしていたが、魔物の類《たぐい》だというではないか。

恐ろしい。

ふと、開きっぱなしだったノートに、文字が浮かぶ。

＊＊＊＊＊＊＊＊＊＊＊＊＊＊＊＊＊＊＊＊＊＊＊＊＊

〈食糧確保について〉

森の中にはたくさんの恵みがあります。

必要なだけ採取し、日々の糧としましょう。

また、植物だけではなく動物も豊富です。

貴重な栄養源として、美味しくいただきましょう。

ただし、魔物を食べるときは注意が必要です。

レベルが上がるまでは控えておきましょう。

また、大きな動物の処理も、レベルが上がるまでは主に体力面で難しいと考えられます。

そうした場合は、錬金釜を利用しましょう。

＊魔物はなんでも食べます。

　ちなみに、動物の場合、ネコ科イヌ科にネギを与えてはいけません。

＊＊＊＊＊＊＊＊＊＊＊＊＊＊＊＊＊＊＊＊＊＊＊＊＊

あぶねえ！

良かった魔物で！

ネギたっぷりチャーハンを与えた身として、心から安堵した。

最後の一行に気を引かれてしまったが、肝心なのはその前の部分だ。

そうか、錬金釜か。

釜の入り口よりも明らかに大きいが、心配はしていない。どんなサイズのものも中から出てくるのだから、入れることも可能なのだろう。

紗良は、レンガなどの資材とともに置いてあった錬金釜を持ち、豚の元に戻った。

さらに、思いついて部屋に戻り、一番大きなサイズの密閉ジッパーバッグを取って来る。

釜の蓋を開け、魔法で豚を持ち上げて近づけると、ぐにゃりと豚が歪んですっぽりと中へ吸い込まれていった。

その上からジッパーバッグを何枚か入れ、蓋をして、ツノ部分に両手をおいた。

「生成《クレアーレ》」

ぼっふん、の手ごたえのあと、蓋を開けてみる。

部位ごとにパッキングされたジッパーバッグが出てきた。

紗良は、ふーむ、と目を閉じた。

魔法とはなんて便利なんだろう。

一体何に根差した力なのか、どうして使えるのか、疑問は尽きない。

けれど、考えたってどうせ無駄だ。だから考えないけれど、この力があって本当に良かったと思う。

もちろん、与えてくれた誰かに感謝はしない。異世界に連れてこられたことそのものは、紗良にとって望まないことだったからだ。

それでもなんとなく、紗良がここで生きやすいよう、最大限に考えたのだろうなとは感じていた。

出来上がったパックを魔法で運び、とりあえず冷蔵庫にしまっておく。

かなりパンパンになったが、冷蔵庫のサイズは一般家庭並みに大きいので、なんとかなるだろう。

ついでに、ドアポケットに入れてある瓶詰りんごの様子を見てみる。ぷつぷつとした気泡ができていて、発酵が始まったことを示していた。

紗良は喜んで、それを一度取り出し、少し揺すってから蓋を開けた。軽い発泡音と、ほのかなりんごの香りがする。

もう一度蓋を閉めて、冷蔵庫にしまいなおす。

順調なようだ。

外に出た紗良は、ファイヤーピットと、それから、もう一つ道具を作ることにした。

名前は分からない、箱型で足がついていて、中に炭を入れ上に網を載せて使うやつ。焼き肉をするのだ。

何度かの作り直しを経て、二つの道具は出来上がった。

【鍛冶】のレベルが上がったおかげもあって、最後はようやくがたがたしないものが完成した。

とにかく、うまくいかないものは、がたがたする。元の世界の大体の家具ががたがたしないことに、改めて驚くとともに、自分の作品にとても満足した。

もうすっかり夕方だ。

紗良は、もうひと頑張りして、森の入り口へ向かう。

木を切り倒し、薪の形にしたものを運び、それを錬金釜に入れる。

出来上がったのは、炭だ。

忘れていた、部屋に戻り、冷蔵庫からパックされた肉を取り出し、各部位を好きなだけスライスして皿に盛った。

玉ねぎとキャベツも切って、焼き肉のたれと塩コショウと一緒に、石のテーブルに運んでいく。

チェアの真ん前に、新たに作った焼き肉用コンロを設置し、炭を起こす。相変わらず一瞬で熱くなった。ゼミキャンプで苦労した思い出があるので、再び魔法に感謝する。

まずは一枚。

牛ではないので、ちょっと硬くなるだろうが、まあ気にしない。

それよりも久しぶりの肉々しい肉だ。

しっかり焼いて、たれで一口。

「美味しい」

豚に似ているが豚ではない。そのせいか、思ったより柔らかく、脂もしっかり感じられた。

一人焼き肉なんて生まれて初めてだ。

でも、好きなものだけ好きなタイミングで好きなだけ焼いて食べられるのは、案外悪くない。

紗良はビールを傾けながら、のんびりと肉を食う。

月はずいぶん昇っている。

有名な星座しか知らないが、それでも、今見ている空が少なくとも日本のものではないことだけは分かる。

ひどく明るい空は、見える星の数がけた違いだ。

初めて見る夜空。

懐かしくはないことで、紗良は寂しさを感じない。

だから、今夜はきっと、とても良い夜だ。

14

森の中を歩きながら、紗良は、想定通りにいかないだろうと考え始めていた。

野菜のことだ。

家にある野菜以外の、旬の野菜をなんとか入手したい。それは変わらない。

けれど、そもそも、野生のキャベツなど存在するのだろうか。

いやキャベツはあるからいいけど。

野生のホウレンソウとか、野生の小松菜とか。

たとえあったとして、だ。

以前の採取で手に入れたりんご、あれを食べたけれど、とても硬くて酸っぱかったのだ。

スーパーで日ごろ手に入る野菜や果物は、当たり前だが、品種改良されている。掛け合わされて新たな種ができ、それがさらに改良されて来て、ようやく今の味になっている。

そう考えると、たとえ野生の小松菜があったとしても、えぐくて食べられないのではないだろうか？

紗良は、森だけで全てをまかなうのは難しいのではないかと、疑問を持っている。

それとは別に、現代日本でも山に入って食材を採る人は少なくはない。野生だからこそ美味しい、野生でしか入手できない、そういう種類があることもまた、事実だろう。

まあとりあえず、探索はしておきたい。

北から東へ向かうルートは前回通った。

今回は、西へ向かって斜めに突っ切ってみたが、東側に比べて大木が多く、山深い印象だ。

「あっ、きのこ!」

紗良は、思わず喜んだ。

「探索」と「発見」は、「取得」が伴わなくても嬉しいものなのだ。

手を出す前に、マニュアルノートを開く。

きのこ採りをしたことがない紗良でも、きのこがヤバいことは知っている。

割と死ぬ。

危険だ。

だから、しっかりとノートと見比べて、目の前のきのこが食べられることを確認した。

ちょっと、日本ならナニ、とは言えない。きのこの種類なんて、しめじと舞茸としいたけくらいしか分からない。

あとエリンギ?

あ、なめことエノキ。

以上。

しいて言えばしめじっぽいが、色が違う。食べられることさえ分かればいい。

「あっ、きのこ!」

きのこが豊作だ。

紗良は、採った先から違うきのこを見つけ、どんどん移動していく。

はっと気づいて地図アプリを確認すると、ぐねぐね移動したのか、思ったより河原から離れていなかった。

危なかった。

アプリがなかったら、完全に迷っていた。

やはりきのこは危険だ。

さらに進むと、少し広いところに出た。広いけれど、なんだか薄暗い。

紗良は空を見上げた。

そうして、薄暗いのは、頭上を覆い隠すほどの樹冠を持つ大木のせい、少し広いのは、樹冠の分、周囲に木が生えていないからだと気づく。

前を見ると、壁のようにそそりたつ幹があった。あまりに太く、木だと頭が認識しきれない。それくらい、太く、大きい木だった。

「なんて立派な……」

樹齢は数百年か、いや、もしかしたら数千年だろう。

元の世界では、映像でも見たことのない大きさだ。

生きるということの、なんと不思議なことだろう。こんなに大きくなるくらい、生命とは息づき続けることができるのだ。

ふと、その少しひらけた地面が、ぽこぽこ盛り上がっていることに気づいた。

よく見ると、茶色っぽいツルが沢山地面を這っていた。

もしや、と重い、近くのそれをぐいと引っ張ってみる。土を押しのけながら掘り出されたのは、芋のような何かだった。

すぐさまノートを開く。

間違いなく、食用の芋だ。色や味は、さつまいもっぽい。ただ、細くてひょろひょろだった。直径2㎝ほど、長さも15㎝くらいしかない。

とりあえず持って帰ろう。

十本ばかり掘って、きのことは別のレジ袋に入れてから、ザックにしまった。

紗良は大木を振り仰ぎ、なんとなく、柏手を打っておいた。

こちらの神様に通じるとも思えないが、なんとなくだ。

日本人の習性みたいなものだ。

どうぞ、安全に生きていけますように。

コツン、と頭に何か落ちてきた。

いてっ、と言いながらもそれを拾うと、栗のような実だ。イガのない栗らしい。

コツン、とまたひとつ。

そして、ぱらぱらと周囲に同じ実が三十個ばかり降ってくる。

大木過ぎて手が届かない、それどころかそもそも実が生《な》っていることも気づいていなかったから、これは嬉しい。

願い事をしたおかげに違いない。

鰯《いわし》の頭も信心から。

さて、家まで戻って来たので、まずはきのこの処理をすることにした。濃い塩水に、どばっと漬けるのだ。

水に漬けると風味が落ちてしまう種類があるのも承知だ。でも、虫よりはマシ。とにかく虫を落とさないことには、そもそも食べる気になれない。

女子大生だし。

その時、またファンファーレが鳴った。

何かのレベルが上がったらしいので、マニュアルノートを開いてみる。

＊＊＊＊＊＊＊＊＊＊＊＊＊＊＊＊＊＊＊＊＊＊＊
〈【魔法使い】と【戦士】〉

複数のレベルが上がると、上位スキルが解放されることがあります。

例えば、【魔法使い】と【戦士】が十分なレベルに達すると、【魔戦士】となります。

現在、両レベルは開きが大きく、いまだその域に達していません。

頑張りましょう！
＊【戦士】スキル　防御《カヴ》　習得
＊＊＊＊＊＊＊＊＊＊＊＊＊＊＊＊＊＊＊＊＊＊＊

確かに、【魔法使い】のレベルは59、【戦士】は12だ。

けれど、少し考えて、やっぱり戦士なんて不要だな、と思う。魔法があれば事足りるし、なにが悲しくて20歳の乙女が剣を振り回さねばならないのか。

それでも、防御というのは悪くない。

まあ、どう使うのか分からないけど。

それよりも、その下にある新しい魔法の方が重要だ。

紗良は、塩水につけようとしていたきのこを前に、

「浄化《ルクス》」

と唱えた。

途端に、しゅわっと泡立つような音と感覚があり、きのこの周囲に土や虫が吐き出された。

「うぉ……ぉぉぉ……お」

虫がうごめいている。

慌ててきのこを回収し、遠く離れる。

どうしたらいいのか途方にくれるが、誰が代わりにやってくれるわけでもないので、仕方なく、一流水《フルクツ》で洗い流してみた。調理台の足元に水たまりができる。

ヨシ。

紗良は、部屋に戻り、米を3合はかり、とぎ始めた。ジャーに入れ、塩と酒、醤油を入れて、水加減する。その中身を、全部ざざっと無水鍋に移した。これが一番、失敗しない気がする。

鍋とともに、もろもろの材料を持って、外に出た。

その際、ついでに瓶詰りんごの蓋も開けてまた閉めておく。

調理台に全部運ぶ。

かまどに火を入れ、さて、と腕まくりをした。

ごぼうはささがきにし、流水《フルクツ》で出した水であく抜きをしておく。

鶏モモ肉は一口大に切る。

油揚げのことを忘れていた。慌てて別の鍋に湯を沸かし、そのお湯の中に油揚げを泳がせ、油抜きをした。お湯をかけるほうがいいけど、ここにはシンクがない。

「次の目標はシンクか……。そういえば、サイドテーブルも作りたいんだった」

刻んだ油揚げとともに、きのこをひとつかみ、そして下ごしらえした材料を全部無水鍋に入れ、火にかける。

炊きあがるまでの間に、近くの森の中から土を掘りだしてくる。それを空いているコンテナに詰め、さつまいもっぽい芋に浄化《ルクス》をかけてから、中に埋めた。

これで保存期間はだいぶ伸びるだろう。

炊き込みご飯の炊けるいい匂いがしてきた。

紗良には予感がある。

さっ、と勢いよく振り向くと、そこには、黒い獣が座っていた。

15

さすがにもう叫ばないし、我ながら落ち着いたものだ。

目の前の獣に対し、紗良は、無意識に後ずさりながら声をかけた。

「動かないでね⁉」

じりじりと、背中を向けないようにしながら、部屋に入る。

そして、密閉ジッパーバッグを冷蔵庫から出し、キャベツと調味料を持ってもう一度外に出た。

すぐ逃げ込めるよう、ドアは開けたままにしておこう。

「絶対動かないでね！」

獣、いや、魔物に小声でお願いしてから、調理台に立った。

空いているほうのコンロに火を入れる。

魔物が動かないか、ちらちら確認しながらだったが、そいつは四肢を身体の下に折り込んでうとうとしはじめた。

ほっとする。

持って来たパックの中身は、豚バラの塊だ。これを、厚めにスライスしていく。

キャベツもざくざくと切る。

魔力が上がったためか、着火《フレーマ》に加えて新たに覚えた吐息《アニマ》で火力調整ができるようになった。隣の無水鍋に比べて、強火で調節する。

フライパンにごま油を熱し、しょうがと豆板醤《トウバンジャン》を入れて、香りが立ったら豚バラとキャベツを入れる。

がつがつ炒めて、仕上げに酒と甜面醤《テンメンジャン》に醤油を少し、果てしなくいい匂いがしてきたら出来上がり。

丁度、炊き込みご飯もいい具合だ。蒸らしている間に、火を落として、調味料だけ片付けておこう。

そういえば、と考えて、部屋から戻りがてら資材置き場に向かった。

置きっぱなしの錬金釜にステンレスを入れて、呪文《スペル》を唱える。

中から引っ張り出したのは、一抱えもある金属ボウルだ。ただ、底面が広く平たくなっている。

紗良は、それを二つ作り、かまどに戻ると、極厚豚バラ回鍋肉《ホイコーロー》を四分の三ほどよそう。

無水鍋の蓋を開けると、ふわりときのこの香りが立ち上った。底から混ぜ返すと、おこげができている。焦げた醤油ほど、紗良を幸せにするものはない。

それを半分ほど、二つ目のボウルに盛り付け、少し迷ってから、石のテーブルに並べて置いた。

「ええと……」

なんと言って勧めたものか、と言《い》い淀《よど》む紗良をしり目に、魔物はのっそりと、だが素早く移動し、ボウルに顔を突っ込んだ。

いいでしょう。

これは、豚を持ってきてくれたお礼だ。

存分に食らうがいい、と、そっと後ずさりしながら肯いた。

紗良も、自分の分を盛り付け、ビールとともにチェアに座った。

思いついて、ファイヤーピットにたき火を起こす。性能のほうは分からないけれど、まずは使えているようだ。ちなみに、丸く形成するのはとても難しく、仕方ないので六角形に作ってある。

もちろん魔物のボウルも歪んでいるが、そちらには目をつぶった。

まあ、後で作り直しておこう。

陽が落ち、少し肌寒かったが、たき火のおかげで丁度良い温度になった。

分厚い豚バラを一口。魔物のために多少辛さを抑えているが、その味付けはビールに最高に合う。

しばらく食事を堪能していると、どこからか低い振動が聞こえてきた。

なんの音だろう。

紗良は聞きなれない音に怯え、腰を半分浮かせた。その状態で、どこから聞こえるのか、耳を澄ませる。

きょろきょろするうち、どうやら、音源は、石のテーブルを挟んだ向こう側だと気づく。

魔物だ。喉のあたりから聞こえてくる。威嚇《いかく》だろうか。

固まったまま目線で確認すると、器はきれいにからっぽだ。

足りなかったのだろうか、それとも美味しくなかったのだろうか。

そっと窺《うかが》うと、魔物は前脚を舐めては口元をこすっている。ごーご、ごーご、という音は、魔物の呼吸に合わせるように響いた。

なんの音か全く分からないが、機嫌は悪くなさそうなので、またゆっくり腰を下ろした。

野生動物とは目を合わせてはいけないらしいので、たき火を見つめながら無心でビールを飲んだ。


ふと目を覚ます。身体中が痛い。

すわ、魔物に襲われたか、と慌てたが、起き上がった場所は、なぜか自室の玄関だった。

いててててて、と呟く。

時計を見ると、朝だった。

ゆうべの記憶を必死で思い出そうとしたが、全く覚えていない。

外へ出てみると、昨日、たき火周りで料理したり食べたりしたまま、手つかずで残っている。よく分からないが、多分、寝落ちした気がする。

威嚇音かと思った魔物の発する音が、異常に心地よかったのだ。あれを聞いているうちに、おそらく、寝た。そして、魔物が部屋まで運んだ。それ以外考えられない。

油断しすぎで、自分で自分が信じられなかった。

紗良は、反省をしながらのろのろと後片付けをし、炊き込みご飯の残りの匂いをちょっとかいで、いける、と踏んでおにぎりにして食べた。

ファイヤーピットの薪は、なんだか、燃え残りが多い。

不完全燃焼かもしれないから、底の近くに、風の通る穴をあけたほうがいいかな？

驚いたことに、外に出しっぱなしだったまな板と包丁、そして無水鍋の三つが、部屋に新たに出現していた。

リセット機能が働いたのだと思われる。

「その時」に部屋にないものは、補充される？

これは便利だ、覚えておくべきだろう。

お腹が満たされたので、動き出すことにした。

まず、森の地面に転がっている、木の皮の塊を沢山とってくる。

半分は焚き付け用に溜めておく。そのための木箱は、以前作ってあった。

残りの半分を、錬金釜に入れた。

「うまくいくかな」

半信半疑ながら、呪文《スペル》を唱えた。

期待しながらひっぱりだしてみる。

出来上がったのは、細く裂いた木の皮で編まれた、平たい、浅い、カゴだ。

紗良が見知っているものは、竹ひごでできている。しかし、この世界、あるいは少なくとも近隣のエリアで竹は見かけたことがない。つる類はあるかもしれないが、まずは手近な材料で試してみたのだ。

思ったより、目の詰まったカゴになった。材料が竹ひごであるものに比べて、かなり重い。

風通しはどうだろう？

目視できるくらいの網目ではあるので、使えないということもない。

紗良は、それに、昨日採ったきのこを広げて並べ、天日に干した。しっかり乾燥させれば、1年はもつ。

そして今日はもうひとつ、やりたいことがある。

すっかり定位置と化した、チェア周りの改造だ。

たき火を地面ではなくピットを使うようになったため、ずっとやってみたかったことに挑戦する。

憧れのウッドデッキだ。

まずは、長くお世話になった石のテーブルこと、ただの平たい大きな石をよける。もちろん魔法を使った。

運搬《アンゲスト》を使って、さらに周囲の石をどんどん移動させていく。

とりあえずは、調理台の裏の方に積んでおくことにする。

土がむき出しになったら、次に、ガラスと木とオイルを釜に入れて作った水平器を使って、地面を平らに均していく。最初は木材を横にして引きずるように作業していたが、ちっとも進まないので、鉄で大きなブレードを作って換えた。

地面をごりごり削ってある程度のところにきたら、さっきまでテーブルにしていた石をさかさまにして、どすんどすんと持ち上げては落とす。

水平を測って、出ているところをつぶす。

それが終わったら、錬金釜で製材し、防水材の代わりに指定されたこげ茶の植物の汁を塗った厚めの横木を綺麗に並べていった。

そして、新たに覚えた弾丸《ガスト》の風魔法で、長い釘を打ち込んでいく。

もう一度水平を測り、石の元テーブルを押し付けるようにして最後の仕上げをした。

10畳ワンルームくらいの広さになった上に、ファイヤーピットとチェア、焼き肉をする名前の知らないアレを並べて置く。

なんたるおしゃれ。

ちょっと寂しいけれど。

【木工】のレベルは32だ。

もう職人と呼んでくれても構わない。

紗良は嬉しくなって、ついでにサイドテーブルを作ることにした。メインテーブルはまた後で作るとして、まずは小さいものを。

鉄材を長い四角いパイプにし、それをコの字に二本形成する。並行に並べたその上に、木のテーブルを作って固定した。

がたがたした。

あの黒い魔物のために作った食器ボウルを潰しては生成、潰しては生成し、【鍛冶】のレベルを上げることで、綺麗な丸いボウルができたし、がたがたしないサイドテーブルの脚もできた。

ついでにファイヤーピットに空気穴もあけておいた。

悔しさだけで午後一杯をレベル上げに使ってしまった。

紗良は疲れ切って、部屋に戻る。

食パンにハムとチーズをのせてマヨネーズと塩コショウをちょちょっとふって、折りたたんで食べた。

そして、そのまま、ベッドに潜り込む。

布団はいい。

全てを癒す。

安全で暖かい布団の中で、紗良は幸せな夢を見る。

16

朝の空気は、すっかり冷たくなった。寝ぼけた頭に気合を入れてくれるような、爽やかな朝だ。

かまどに火を入れると、顔にふわりと暖かな空気が触れる。

木の匂い。

すっかり慣れたその匂いのなか、鍋に水をはり、出汁をとっておく。

玉ねぎと大根、豆腐、面倒なので油抜きなしの油揚げ、最後に卵を落として半熟を見極め、その鍋に投入する。

具だくさん味噌汁の出来上がり。

「うま……」

毎日ろくでもない食生活だなという自覚はあるが、全てこの味噌汁で帳消しの気分だ。

もちろん実際はそんなことはないわけで、健康体なのはリセット機能のおかげでしかないのだけれど、それはそれだ。

卵を最後まで残し、そこにご飯を投入して食べる。

お行儀が悪くて、他人がいたら絶対できないけれど、世間の結婚している人は一生これを我慢するのだろうか。結婚したら他人じゃないからいいのかもしれない。

しっかり火の通った白身は味噌を吸い、中の半熟の黄身がご飯に絡む。

「ごちそうさまでした」

食器と鍋を洗い、今日もジーンズとしゃかしゃかブルゾンに着替えた。

ザックの中にレジ袋をこれでもかと入れ、遭難セットとともに、探索に出発だ。

すっかりきのこ採りの魅力にとりつかれてしまった。夢で地面一杯のきのこの世界を楽しんだくらいだ。山菜採りにはまるお年寄りの気持ちが分かってしまう。

とはいえ、遭難の危険が高いことも、身を持って知った。次の獲物だけ見て移動するからだ。

紗良はスマホをしっかり携帯し、マニュアルノートをおなかに挟むと、目印であるあの大木を目指すことにした。

「あっ、きのこ！」

鼻息が荒くなるほど、テンションがあがる。

中には毒きのこや、幻覚を見せるきのこといった馴染みの種類もあったし、皮膚が変色するとか変身するとか、異世界ならではの種類もあった。

安全なものだけ採っていくと、それほどの量ではない。

「あっ、……フキ？」

故郷の地方に生えているような、どでかい種類のフキがあった。

厳密には葉の形が違うような気がしたが、食材になった姿しか実際には見たことがないので、あまり分からない。

なんにせよ食べられるようなので、根元から切り倒し、30㎝ずつに切断して持ち帰ることにした。

切り口から水が滴《したた》り、とても新鮮な匂いがする。

そうやって歩いていると、やがて、あの大きな木の根元にたどり着いた。

さつまいもをまた十本ばかり掘る。

さて、引き返そうか。

そう考え、帰路につこうと振り返った時だ。

人間と目が合った。

紗良は立ちすくむ。

人間だということを認識するのに、とてつもない時間がかかった。

その間に、目だけは相手をじっくり観察することになる。

20代半ばくらいの男の人だ。髪は金髪で、目の色はよく見えないが、黒くはなさそうだった。

着ているのは、壮大な親子喧嘩《おやこげんか》をする宇宙映画の登場人物が着るような、丈夫そうな生成《きな》り色のローブだ。

コーホー。

驚いて動けないのは、どうやら向こうもらしい。

紗良はまた、無意識に半歩後ずさった。

何度経験してもこの失敗は直らない。

こちらが不用意に動けば、あちらも刺激されて動く。分かっているのに、退路を断たれる位置で立ち尽くす男が恐ろしく、無意識にさがってしまったのだ。

「お待ちください！」

身をひるがえそうとした紗良に、大声で男が叫ぶ。焦ったような、困ったような声のあと、彼は、さっと跪《ひざまず》いた。

もちろん紗良は、油断しない。

さすがに森で蛇に襲われた経験は、身体も心も覚えているからだ。

攻撃はあっという間。

紗良は、黙ってまた一歩、下がった。

「お待ちください、怪しい者ではございません、私は近隣の平民でございます！」

へーミン。

すぐにはその意味が頭に入ってこない。

男は、黙っている紗良に、なおも言葉を重ねてくる。

「見慣れぬ道に入り込んでしまい、難儀しております。

もしよろしければ、ここがどこなのか……」

そう言いながら顔を上げると、男は急に言葉を止めた。そして、ぽかんと口を開け、どこかを見ている。

視線を何気なくたどると、どうやら、紗良の後ろの大木を見ているようだった。

「なんということ……これは御神木様……」

男はそう言うと、そのまま黙り込んでしまった。

どうしよう。

紗良は、そっと、自分に安全地帯《パルサス》がかかっていることを確認してから、今度はちょっとだけ前に出た。男は魔法の効果エリアのちょっと外にいたからだ。

50㎝ばかり前進すると、男の身体がすっぽりと安全地帯《パルサス》に入り込むが、なんの変化もないようだ。

とりあえず、敵意はない。

多分。

「あのー」

「あっ、はい！」

男は、目が覚めたようにぴくりと動く。

「道に迷ったんですか？」

「……ええと。その。はい、いえ。

……ええと。お嬢様は、どちらの御方でいらっしゃいますか？」

「どちら？　うーん、そ、その辺に住んでいます」

「こちらへは、よく？」

「そういうわけでは……」

男は、何かを考え込んでいる。

紗良は、ふと、彼の背中のカゴに目がとまった。

「あっ」

「えっ」

「あの、それ、小松菜ですよね？」

「え？」

しまった、小松菜ではなさそうだ。けれど、見知らぬ男の前でマニュアルノートを開いて、こちらの世界での名前を確認するわけにもいかない。

紗良は、猛烈に困ったが、同時に、猛烈に期待もした。

「そのカゴの中の野菜ですけど、どこかで採ったものですか？　この森ですか？」

男は、困惑したように首を振った。

「とんでもありません。この森は、教皇庁の定める聖域です。

神おろしの確認された数少ない場所で、植物の採取どころか、立ち入りが禁止されている場所でございます」

なんだって？

びっくりするとともに、今まで一度も人間の気配を感じなかった理由に、なんとなく納得もした。入ってはいけない場所なのだから、誰も入り込むはずがない。

「いやでも、あなた、いるじゃないですか」

「そうですね……私も驚いております。

本来、教皇庁からの命で、領主様が結界石を張っておりまして、たとえ入り込もうとしても入れないはずなのですが」

結界石ってなんですか、と尋ねる場面ではなさそうだ。

「私はただ、結界の外にある祭壇に、お供え物をお持ちしただけなのです。この野菜などは、地元でとれた農作物でございます。

結界の不具合なのか、なんなのか……とりあえず領主様にご報告しないと」

「えっ、困る」

「えっ、いや、しかし、もし不具合なのであれば、こうしてまた間違って聖域に踏み込んでしまう者がでてきてしまいます。

国の定めた法を、知らず犯してしまうということです。許されることではありません」

そう言われると、そうだよね、という気持ちになる。法治国家で暮らしてきた紗良にとって、犯罪は隠せば隠すほど罪が膨れ上がる、という事実が刷り込まれていた。

この場所と紗良について、報告されてしまうことは避けられないらしい。

困ったなぁ、と思っていると、お腹のあたりで何かが動いた。

マニュアルノートだ。
開いても大丈夫、という合図だろうか。
紗良は、一応そっと後ろを向いて、ノートを出してみた。

＊＊＊＊＊＊＊＊＊＊＊＊＊＊＊＊＊＊＊＊＊＊＊＊＊

〈結界の存在〉
この森は、人間の張った結界で守られています。
現在、魔物がそのうちの一つを破壊したため、一時的に機能を失っているようです。
事態に対処するため、神木の力を使い、こちらで改めて強力な結界を張り直しました。
以後、何人《なんぴと》もこの森に立ち入ることはありません。
ただし、現時点で結界内にいる人間は、その対象ではありません。
感知することだけ可能です。

＊＊＊＊＊＊＊＊＊＊＊＊＊＊＊＊＊＊＊＊＊＊＊＊＊

ふむ、つまり、紗良の存在がばれたとしても、もう誰も入って来られないから大丈夫だよ、ということか。

ただし、目の前の男を除く。

＊＊＊＊＊＊＊＊＊＊＊＊＊＊＊＊＊＊＊＊＊＊＊＊＊

〈森の恵み〉

この森の恵みは、生き物に良い癒しの効果をもたらします。

特に、神木の実は、生命の活性化を促します。

美味しくいただきましょう。
＊＊＊＊＊＊＊＊＊＊＊＊＊＊＊＊＊＊＊＊

さっと目を通した紗良は、お腹にマニュアルノートをしまい、男に向き直る。

「あのー」

言いかけた紗良の頭に、コツン、と何かが落ちてきた。

思わず見上げると、額にまた一つ、綺麗に音を立てて決まる。

「いでっ」

コツン、コツン。

「いてっ、いてっ」

慌てて俯いた紗良の上に、ザザザザッと音を立てて、栗の実が落ちてきた。

今日はまだ、お参りしてないのに。

17

紗良は痛みをこらえ、落ちてきた栗の実を十個ばかり拾い、男に向かって差し出した。

「あの、この実とその野菜、交換してもらえませんか？」

男は、何を言っているのか分からない、という顔をした。

それから、両手を目の前で振る。

「いけません、この森のものは、どれと限らず採取は禁止されております」

「採取したの、私ですけど」

「そういう……問題では、ない。ような。気がいたします……」

首をひねりひねり、男が言う。

紗良は、ケチだな、と思った。

だけど諦められない。野生の野菜を収穫して暮らすのは難しいだろう、という大問題に、今、答えが出ようとしているのだ。

「この実、癒しの効果があるらしいですよ。お得ですよ」

「なんですって？　それは……いやしかし……」

「薬物野菜を一株でいいです、それともそれはそんな高価なものでしたか？」

「いえ、普通の野菜です」

「わあ、じゃあ、ほら、お得ですね！」

ぐいぐいいく紗良に、男は困惑を深める。

紗良は、ダメ押しとばかりに、神木とやらに向かって叫ぶ。

「この実、この人にあげてもいいよね！」

うんいいよ！　と裏声で答えようとしたが、そんな学芸会のような芝居をする前に、上からまた栗の実が落ちてきた。

紗良は慌てて、レジ袋を広げる。

ストトトトトト、と、二十個ばかりの実が、狙ったようにその中に吸い込まれていった。

「ほら、いいって」

男は驚愕《きょうがく》に目を見開いた後、跪いたままの姿勢で両手を組み、何やらぶつぶつ呟き始めた。どうやら祈りの文言のようだ。

「なんという奇跡。お嬢様は、御神木様の、精霊様でございましょうか」

様が多いな。

「いえ、人間です」

「精霊様ということであれば、このお供物《くもつ》はそもそも御神木様への捧げ物でございますゆえ、どうぞお納め下さいませ」

「あ、はい、精霊様です」

紗良は小躍りし、男がずずっと差し出したカゴから、中身をねこそぎレジ袋に移し、代わりに栗の実をざざっと入れた。

「はい、交渉成立ということで」

「ありがたいことでございます！」

「えーと、また、お供えとかいうものを持ってくることはありますか？」

「はい、定期的に……」

「わあ、じゃあ、またここで」

「え、あ、はい」

ではさようなら、と紗良はほくほくしながら帰ろうとした。

「あ、迷子なんでしたっけ？」

「いえ、まさか聖域に立ち入っているとは思わなかったため、方向を見失ったのです。御神木様が確認できましたので、帰る方向は分かります」

「じゃあ良かった。お気をつけてー」

マニュアルノートは、男の存在を感知できると言っていた。方法は分からないが、まだ迷っていたらそれで分かるだろう。


紗良は、男と別れ、さっさと河原に帰ることにした。

すごい速さで帰って来た紗良は、お供物とやらの中身を出してみた。贈り物を開くときみたいで楽しい。

マニュアルノートと見比べながら調べていくと、やはりひとつは小松菜らしきものだった。

それから、蝋《ろう》で蓋をされた瓶。開けてみると、ワインっぽい匂いがした。

ぶどうと、あとは小麦の穂がふたつかみばかりあった。

日本で、お神酒《みき》と生米を供えるようなものだろうか。

紗良は、小麦に興奮した。

急いで部屋に向かい、冷蔵庫から瓶詰りんごを取り出してみる。蓋を開けると、しゅわしゅわと泡が立ち、しっかりと発酵していることが分かった。

いける。

外に取って返し、小麦の穂を錬金釜に入れ、全粒粉《ぜんりゅうこ》を生成した。元の量が量だけに多くはないが、りんご酵母でパン種を作るくらいなら十分だろう。

部屋に戻り、密閉容器に、全粒粉を三分の一、同量のりんご酵母を注いで、蓋をした。

そのまま、部屋に放置だ。

パンだ。

パンが食べられる。

とはいえ、それはまだ少し先のこと。

期待感に胸を膨らませ、パン種も同じくらい膨らみますように、と浮かれて願った。

とりあえず、今日採って来たものの処理をする。今日は、全部塩漬けだ。

保存瓶を煮沸消毒し、浄化《ルクス》の魔法で収穫物を全部きれいにする。

「もしかして煮沸消毒も浄化《ルクス》でいけた……？」

次回から試してみよう。

きのこを、保存瓶に塩と交互に入れていく。瓶の口いっぱいまで詰めて、おしまい。

フキのほうは、軽く茹でてから、密閉ジッパーバッグに入れ、これまた大量の塩に埋めるように入れていく。その辺の石で重しをして、おしまい。

どちらも1年ほどもつはずだ。

紗良は、お供物に入っていたぶどうと、合わないと分かっていてコーヒーを落とすと、チェアに座る。

ウッドデッキはちょっと温かい気がする。

あ、と思いついて、部屋の中から人をダメにするクッションを持ち出してきた。ファイヤーピットの横あたりを浄化《ルクス》で綺麗にしてから、それを置いて座る。サイドテーブルには届かないが、床が平らなので問題ない。直接カップと皿を置き、ぶどうをつまむ。

「すっぱ」

あの人は、農作物と言っていたから、これもきっと育てたものだろう。

やはり少し酸味が強い。それでも、香りは素晴らしいし、みずみずしさもある。採りたて、という感じ。

だとしたら、彼が住んでいる場所は、そう遠くないということだ。

紗良は、地図アプリを開いてみた。

多分、今見えている範囲が、立ち入り禁止の聖域とやらだ。御神木の位置から、北に2㎞ほどの位置で途切れている。

供物を供える祭壇、というのが、このすぐ外にあるとすれば、人里までどのくらいだろう。

5㎞とか？

10㎞とか？

思った以上に近いが、マニュアルノートが今まで嘘をつかなかったことを考えると、他人が侵入してくる心配はいらなそうだ。

男の服装から考えると、やはり、紗良が以前予想した通り、文化科学レベルは元の世界基準でだいぶ時代を遡る気がする。

ちらりと見た足元は、革を加工したもののようだった。靴の形は成していたが、山に入るのにスニーカーではない、という微妙さだ。

いわゆる、脳内イメージ中世、といったところか。

それにしても、ジーンズにブルゾン、でかザックを背負った紗良を精霊と思い込むなんて、どうかしている。

いずれにしろ、御神木からたまたま実が落ちてきたせいで、お供え物をまるっともらえることになった。ラッキーだ。代わりに存分にお参りしておこう。

それにしても。

「やっぱ日本じゃないのかー」

男の見た目は、どう見ても異国の人だ。

まあ異国どころか異世界なわけだけれども、それはそれとして、自分と見た目が違う人の出現は、現実を突きつけた。

夜空が違う。

植物が違う。

知らない空と知らない植物に囲まれ、魔物に出会っても、どこか夢の中のような気持ちだった。

けれど、金髪のローブ姿の男は、まごうことなくリアルだった。

なにより——言葉が違った。

彼の言葉は、全く知らない言語だった。日本語でも、少なくとも英語やフランス語でもない。

なのに紗良にはその意味が分かったし、おまけに、紗良自身も日本語ではない言語で話していた。

魔法が使えるようになったのと同じ仕組みで、紗良の言語機能も変えられてしまっている。

そこには身体のリセットには感じなかった、なんとはなしの不快感がある。

とはいえ、便利であることは間違いない。

これも、今までと同じように、紗良はただ受け入れる。

ここには誰もいない。

誰もいなければ、悩むことはない。

恐れも、コンプレックスも嫉妬《しっと》も、およそ人の悩みというものは、人の間にしか生まれないのだなと紗良は思う。

コーヒーを飲み干して、立ち上がる。

かまどに火を入れて、置いておいた小松菜と、掘り出してきたさつまいもに浄化《ルクス》をかけておく。

部屋からもろもろ持ち出してきて、その二つとベーコンをそれぞれ一口大に切った。

部屋から鍋を持ち出し、オリーブオイルをたらす。

にんにくでさつまいもとベーコンを炒め、油が回ったら少量の水と中華だしで煮込み、柔らかくなったところで小松菜と豆乳を入れた。

小松菜が食べごろになったら、溶いた味噌を入れる。

ちまちま椀に注ぐのも面倒で、でっかいどんぶりによそった。

今日はお酒はやめておこう。ゆうべの寝落ちを反省するつもりだ。

ごはんとともにサイドテーブルに並べ、手を合わせる。

熱いスープに、さつまいもが少しだけ溶けだし、これぞコク、という味に仕上がっている。

小松菜には少しだけ、えぐみが感じられる。

「でもまあそれがお前のいいところだよ」

シャキッとした歯ごたえだけで、お前には十分価値があるからね。

ふと調理台を見ると、足元が水びたしになっている。

前々からちょっと気にはなっていた。野菜を洗ったり、茹でたりした水は、その辺に捨てているせいで、いつも足元が濡れているのだ。

やはり、シンクが必要だ。

ちょっと難しそうだなとは思う。

とはいえ、【鍛冶】のレベルは31になり、【木工】とも遜色ない。

そう、もはや職人と言ってもいいだろう。

きっといける。

紗良は、明日はシンクを作ろうと決め、豆乳味噌スープを飲み干した。

穏やかな夜が来る。

心は凪《な》いでいる。

寂しさもまた、人の間にしか生まれない。

18

昨夜の豆乳味噌スープの残りにトーストを浸して食べながら、計画を練ることにする。

今欲しいのは、ウッドデッキに置くテーブルと、シンクだ。サイドテーブルしかないので、少し大きいローテーブルをひとつ置きたい。

さらに将来的には、ウッドデッキの上に、一部でいいのでタープのような屋根が欲しい。あとは、椅子。

ただこの辺は、木をまっすぐ切ればいいわけではないので、まあまだちょっと先だろう。

シンクの構造など紗良は知らないが、家を一軒まるごとリフォームする番組でよく見かけた通り、基本、天板のないテーブルにステンレスの箱をはめ込んだ形をしているはずだ。

森で動物と暮らすゲームでは、アイテムをガチでコンプリートすることを目指していたので、最初はスロップシンクが頭に浮かんだ。けれど、全部位ステンレスというほうが難易度が高そうな気がする。

木でテーブルを作り、枠をブラックアイアンで補強して、天板部分に穴をあけてシンクをはめ込む。

よし、それでいこう。

そう決めて立ち上がった時だ。

がらがらがら！　という大きな音がして、驚いて振り向くと、なんとかまどが崩壊していた。

慌てて駆け付けると、どうやら、ウッドデッキを作った際にかまど裏に積んでいた石が崩れ、かまどをなぎ倒したらしい。まだモルタルが作れなかった頃、簡易的にただレンガを積んで作ったせいで、強度は確かになかっただろう。

それでも、石を積んでおく場所を考えていれば、こうはならなかったのに。

紗良はがっかりしたが、今日の予定を全て変更して、かまどを作り直すことにした。

丸1日仕事だと考えていたが、午後の早い時間にはもうかまどが完成してしまった。これも、職人レベルが上がったからだろう。

以前は二段になっていた網は、吐息《アニマ》で火力調節ができるようになったので、思い切って一段だけにした。

モルタルで間を埋めたので、もう崩壊することはない。

それにしても、吐息《アニマ》って、切断《アニマ》と呪文《スペル》が一緒なのよね、と紗良は少し妙に思う。

仕草が違うので使い分けできているのだろう。

マニュアルノートは、呪文《スペル》はトリガーのようなものだと言っていた。どういう意味かは、未《いま》だ分からない。まあ使えているからいいとする。

紗良は、昨夜から冷凍しておいた栗を持ち出した。お湯を沸かして、その鍋に栗をざざっと入れる。

チェアに座りながら、栗の皮をひとつずつ剥いてく。

三十個ばかりあるので、半分は栗ご飯にして、半分は冷凍しておこう。

まだまだ拾えそうだけれど、あまり使い道が思い浮かばない。甘く煮た栗はそんなに好きではないからだ。

そうだ、茹でたものをそのまま刻んでパウンドケーキにするのはどうだろう。

使い道を考えながら作業していると、【調理】のレベルが上がっているせいか面倒くさいの代表みたいな栗の皮むきもあっという間に終わった。

うるち米ともち米を半々で、昆布と塩と酒で水加減した鍋を持って外に出る。

栗を入れて、かまどに火をいれたところで、ファンファーレが聞こえた。

＊＊＊＊＊＊＊＊＊＊＊＊＊＊＊＊＊＊＊＊＊＊＊＊＊＊＊
〈越冬準備〉

秋も深まり、山の恵みも減り始めます。

体調管理に留意しましょう！

外に出るときは暖かい服装が良いでしょう。

ただし、着ぶくれは身体の自由を奪うので、動きにくいほど着込むのはよくありません。

魔法を併用しましょう。
＊手を肩に当てて　保温《カリダ》
＊＊＊＊＊＊＊＊＊＊＊＊＊＊＊＊＊＊＊＊＊＊＊＊＊＊＊

紗良は割と、外出時の寒さに強い。故郷は、およそ百数十万人の人が住む場所とは信じられないくらいに寒かったからだ。

同時に、寛《くつろ》いでいる時の寒さには弱い。家の中は24時間暖房がついていて、外気もシャットアウトする仕組みで建てられていたからだ。

外でしかレベルが上がらない条件ゆえに、基本紗良は外で暮らすことになる。

予定していたタープごときではなんの防寒にもならないが、新たな魔法に、新たな可能性をみた。

紗良は急いで栗ご飯用の無水鍋をセットすると、その可能性を試してみるべく、ウッドデッキに乗った。

そして、期待をこめながら、足元に保温《カリダ》の魔法を唱える。

少し間があって、下から明らかに暖かさを感じた。ウッドデッキに触れてみると、確かに暖かい。

「床暖……」

紗良は靴を脱ぎ捨て、浄化《ルクス》をかけてから、木の上に寝転んでみた。暖かさと、木の感触が心地よい。

これで、冬も勝てる。

紗良はにやにやしながら、確信した。

妙にやる気になって、部屋に戻ると、ポテトサラダの材料を持ち出した。

ポテサラは紗良の好物だが、サイドメニュー扱いのわりに馬鹿みたいに手間がかかるので、あまり作ることはない。

今日ならやれる。

じゃがいもを茹で、熱さに立腹しながら皮をむき、きゅうりと玉ねぎを薄切りして塩もみし、ニンジンを刻んで茹で、冷凍ブロッコリーを茹で、卵を茹で。

「決めた、かまどもう一個作ろう」

絶対持て余す気もするが、大は小を兼ねるというし。

たっぷりのブラックペッパーに、クリームチーズ、さらにこれでもかとマヨネーズをしぼり、ようやくポテサラが完成した。

忘れていた、上に刻んだクルミをトッピングするのだった。ツマミ用の煎ったクルミを刻む。

同じ頃、栗ご飯も炊けたので、二つを器に盛って振り向く。

その時見えた光景に、紗良は固まった。

黒い魔物がいたのだ。

いや、もはやそれは想定内といって良い。

しかし、魔物はいつものように箱のような座り方で待っているのではなく、何かをしていた。

前脚の下にあるのは、紗良の人をダメにするクッションだろう。

魔物は、そのクッションを、一生懸命にこねていた。

「何してんのあいつ……」

器を持っておそるおそる近づく。

ほんのり温まったウッドデッキに腹ばいになり、一心不乱にクッションをこねている魔物は、また喉からあの振動を発している。

ごーご、ごーご、という音は、どうやらご機嫌の証のようだ、と紗良は新しい知識を得た。

いっこうに終わる気配のないクッションこねの間に、魔物が持ってきてくれた豚肉の残りを冷蔵庫から出してきて、分厚く切って甘辛く焼いておく。

最後に強火で煮詰め、とろっとしたしょっぱいソースになったたれをちょっと残し、後は全部、フードボウル・改に盛りつけた。

栗ご飯とポテサラは同じボウルになってしまった。

ふたつを床に並べる頃には、喉の振動もおさまっていて、魔物はなにごともなかったかのように食べ始めている。

紗良は、チェアに座って、ビールと一緒にポテサラを堪能した。

後で残したたれと茹で卵を、ジッパーバッグに入れておこう。

あと、クッションも浄化しておこう。

魔物は、ボウルを空にすると、ひとしきり口元をこすり、それから、立ち上がった。

さようなら、森へお帰り。

見送ろうとした紗良だが、魔物はなぜかそのまま、紗良のクッションを枕にして長々と寝そべってしまった。

「……泊まる気か？」

紗良はお気に入りのクッションを取られてむっとした。

腹いせに、魔物ごと浄化《ルクス》を唱える。しゅわっとした感覚に一瞬ぴくりとひげを震わせたが、魔物は寝返りを打っただけで、動くつもりはないようだ。

このままクッションを外に置いておけば、室内に同じものが出現《リセット》されるだろう。されなかったら取り返そう。そう決めて、紗良はビールを飲みほした。

部屋に戻って寝ている間も、一晩中、床暖を常時発動させていたことに、大した意味はないったら、ない。

19

出来上がったパン種を使って、甘味の少ないハードパンを焼いた。

酸味は感じられるが、むしろそれは紗良の好みだ。

スライスし、昨夜の残りのポテサラを挟んで食べると、我ながら機嫌が良くなる。麦の香りと、ほんのりしたりんごの風味は、鼻に抜けても嫌なにおいを残さない。パン種は、継ぎ足しながら三回はいけるだろう。

さすがに3日あれば、きっとシンクも完成する。

そう考えたその日から1週間ばかり、紗良は森へ入らなかった。

いや、入れなかった。

ずっと、河原で、がたがたするシンクと格闘していたからだ。

作っては潰し、作っては潰しの過程を経て、ようやくまともなシンクができるまでに、それだけの時間がかかってしまった。

ちなみに魔物はと言えば、パンしか出てこなかったのが不満なのか、3日目あたりから顔を見せなくなった。

目的が分かりやすすぎないか、と思うが、後ろでいつまでもクッションをこねられても困る。

まあいいでしょう、という気持ち。

そもそも、シンクの問題はがたがたすることだけではない。

接合部からの水漏れや、排水の処理、シンク内を流した時にうまく水流が排水溝に向かう傾斜角度など、改良点は枚挙にいとまがない。

材料は木と鉄とステンレス、そしてリセットで量産した蛇腹ホースだ。部屋の洗濯機から、付属していた風呂水給水ホースを取り外して外に置き、リセットで再出現させる。これを繰り返し、熱で接合した力作だ。

面倒だったが、なぜか、部屋にあるものは複製《イミタティオ》不可なので仕方がない。

野菜くずやゴミは排水溝の入り口でこしとり、川まで伸ばしたホースの出口には粗めの網をかける。

シンクを使うときだけ、この網に浄化《ルクス》をかけて、浄水して川に捨てる仕組みだ。シンクから川まで、10m以上ある。排水をどうするか悩んだ挙句の、苦肉の策だった。

さらにシンクの横に、注ぎ口の長い水瓶を高い位置に設置した。ホースと同じように、使うときだけこれに流水《フルクツ》をかけ、水を流しっぱなしにするのだ。本当は蛇口をつけたかったが、仕組みが分からなすぎて駄目だった。

それならばと部屋の蛇口をひっぺがして使おうとしたが、全然外れなかったので諦めた。現代日本の力、おそるべしだ。

なんにせよ、その過程で飛躍的にレベルを上げた紗良は、シンクの下に引き出しをつけられるまでになった。

これで、部屋に何度も取りに往復していた、まな板や鍋をしまっておくことができる。

少し離れて、遠くから出来を確認してみる。

いいじゃないか、と、自画自賛した。

心から誇らしい。自分で作ったなんて、信じられない。全部同じ木材で作っているので、色も統一感があっていい。

かつて自分から何かをしようと考えたことのなかった紗良は、自分の変化を好ましく思う。

悪くない。

もしかしたら、紗良を妬み、かつ憐《あわ》れんでいた友達も、見直して――。

突然、スマホが短く鳴った。こちらに来て初めてのことだ。

びっくりして取り出すと、地図アプリに通知バッジがついていた。

開いてみると、紗良を示す青い点の他に、赤い点が表示されていた。

なんだろう。

それは、ゆっくりとだが、移動している。目指す方向には、御神木がある。

「あの人かな。平民の」

またお供えを持って来たのかもしれない。

丁度、汚れ仕事用のジーンズとチュニックだし、ブルゾンを羽織ってザックだけ部屋から持ち出せばそのまま行ける。

紗良は、新たな食材の予感に、急いで森に入ることにした。

1週間ぶりに森に入り、周囲の景色が一変していることに驚いた。

すっかり色づき、紅葉が進んでいる。自然の変化はもっとゆっくりなものだと思っていたが、あっという間に見たことのない光景になった。

紗良は、アプリを確認しながら、下草をかき分け歩く。

【戦士】のレベルが20を超えたせいか、歩き方が安定してきた気がする。

そもそも、リセット機能により、紗良の身体はいつも変化なしのはずだ。なのに、魔法は使えるようになるし、料理も工作も上手くなるし、身体も強くなっている。

思うに、これは物理的変化ではないのだろう。

内面というか、メンタルということではなく、魔力の使い方が日々変化している、ということだと思う。

魔法とは、スキルとは、身体ではなく魔力を変えていくこと。

素敵だなと思う半面、これが元の世界になくて良かったなとも思う。

向こうの世界で、紗良はどんなに頑張っても、１００ｍを10秒で走れるようにはならない。それが生まれついての身体能力で、努力ではどうにもならない部分だ。

けれど、魔力が物理を越えるとしたら？

頑張れば何でもできてしまうとしたら？

頑張らないことがどれほど軽蔑《けいべつ》されるだろう。

能力が不足していることを、どんなに馬鹿にされるだろう。

仕方がない、の通用する世界には、慰《なぐさ》めがある。

もうすぐ御神木の裾《すそ》、という所まで来て、なにやら騒がしいことに気づく。

生き物が立てる音は、久しく聞いていない。黒い魔物は足音を立てずに歩くし、他に生き物は蛇ぐらいしか見当たらないからだけれど、今、前方から聞こえるのは、ひどく不穏な音だった。

争っている。そんな気がする。

紗良は、足を速めた。

身体強化のおかげで、転ぶことなく到着したが、ようやく見えた光景に唖然とする。

黒い魔物と、あの平民だという男が、戦っていた。

折しも、今、男は剣を振りかざし、魔物に切りかかろうとするところ。

紗良は、気づけばその眼前に立ちはだかっていた。

「防御《カヴ》！」

怒鳴ると同時に、紗良の鼻先で、男の剣がはじかれ吹っ飛ぶ。

彼は反動で後ろに下がるが、器用に回転して勢いを殺し、片膝で前傾姿勢をとった。

「なにしてんだごらぁぁぁぁぁ！」

紗良は腹の底から怒鳴り、切断《アウラ》を放って男の剣を真っ二つに折る。

すると、男は険しかった顔から一転、困ったような顔で目を瞬《しばた》かせた。

「……精霊様、その魔物は……」

そうだった。

男に背を向けて後ろを確認すると、黒い魔物は、四本の足でゆったりと立ったまま、しっぽを揺らしていた。見る限り、怪我《けが》はないらしい。いや毛足が長いので分からないとも言える。

紗良は、魔物の周りをとりあえず一周してみて、念のために癒し《アウロラ》をかけておいた。

「申し訳ありません……精霊様が従えておられるアテルグランスとは知らず」

「別に従えてなんかいません。なんですかあなた、何かも知らずに攻撃したんですか？」

「……魔物は、人と見れば襲ってくる生き物でございます。

少なくとも、人里ではそのように教育を受け、常に全力で討伐すべしと教わるのです」

あ、そうか、魔物だった。

アテルなんとかっていうのは、呼び名だろうか。

「え、あんたこの人を攻撃したの？」

魔物は不満げにあごを上げた。意味は分からないが、否定している気がする。

紗良は男の言い分にもなんとなく納得したが、だからと言って、いきなり黒いのを攻撃したのだとしたら許せないという気持ちもある。

ただ、それを言うのはやめにした。

自分だって最初は怖いと思ったし、魔物に殺される人もいて、その歴史があるからこその教育なのだろうから、言う立場にない。

複雑な心境で、分かりました、ともごもご答える。

「後学のため、他に精霊様の従えておられる魔物はありますか？

決して攻撃しないことをお約束するためにも、ぜひ明かしていただければありがたく存じます」

「いいえ、だからこれも別に従えているわけじゃないです。

あと他の魔物に会ったことないですし」

「そうでしたか……しかしそうなると、そちらの魔物が人里に降りた際、やはり同じように攻撃されるおそれがございますが」

紗良は首を傾げた。

「結界があるんじゃないんですか？」

「えっ。結界は魔物には効きません。正確には、この森に張っている結界には、人を縛る効果しかありません。

魔物を縛る結界は、聖女様のみが操ることができ、それは王都にて使われるものでございます」

世界が違うと、常識もここまで違うのか、という感想だ。

「じゃあ、それがルールなら仕方ないです」

「えっ」

「えっ」

「あっ。いえ。いえいえ。あの、アテルグランスは非常に強い種で、上位の魔物でございます。簡単に討伐できるものではありませんので、それほどの心配はいりませんよ」

いいから黒いのを攻撃するな、と無茶を言うとでも思ったのだろうか。

心外だ。

そんな話をしていると、背中に感触があった。

見ると、黒いのが紗良のザックの匂いを一生懸命嗅いでいる。非常食にと、ツナサンドをジッパーバッグに入れて持って来たので、それ目当てだろう。

すごい鼻をしている。

ザックを降ろし、一つ出してやると、一口で食べられた。残り二つ。

紗良は我慢して、もう一つあげた。

一口で食うなよ、もっと味わってよね。

ふと視線を感じる。

男はどうやら飛び散ったお供え物をかき集めてきたらしく、カゴを背負った姿で紗良の手元をじっと見ていた。

「食べますか？　カゴの中身とこれ、交換してください」

はっとした顔をする。自分が何を見つめていたか、今気づいた顔だ。

「あ、とんでもございません、こちらは捧げものでございますゆえ」

「あの、その大仰な話し方、なんとかならないんですか？」

どうも、芝居かなにかを見ているようで、居心地が悪い。

「精霊様ですので」

嘘をついているせいで、今度はばつが悪くなった。

20

なんとこれは美味しい、と目を丸くしながらツナサンドを食べている男をしり目に、紗良はせっせとお供物をザックに移していた。

今日は、カボチャがある。日本のものより小ぶりだが、ずっしり重い。季節を感じられて大変に良いな、と嬉しくなった。

他には、葉物野菜がいくつかと、ワインと木の実。それから、あのりんごの実もあった。

これは育てたものだろうか、甘いだろうか？

マニュアルノートによれば、ここは国の中でも最も首都から離れているということだった。多分、農村地帯なのだろう。お供物の中身は、素朴な田舎を思わせる。

「精霊様、これは魚ですね、なんの魚ですか？」

「ちょっと分かりません……」

マグロです、とも言いかねて、知らないふりをする。

「油を感じますが、こんなに柔らかく揚げられるものでしょうか」

「いえ、火を通してから油漬けにしたんじゃないかなと思います」

男は、御神木から少し外れたところに座って、丁寧な仕草で食べ終えると、

「パンも美味しかったです」

「そうでしょう？　私が焼いたの」

嬉しくなって言うと、彼はにっこりと笑う。笑うと少し、若く見える。

いくつなんだろう。

「あのー、剣、壊してごめんなさいね」

「いいえ、私の方こそ、従魔……ではなくて、ええと」

「知り合いの」

「し、知り合い？　のアルテグランスを攻撃してしまって」

「そう教えられていたなら、仕方ないです」

ちなみに、知り合いのその黒い魔物は、とっくにどこかに行ってしまった。

お互い頭を下げ合って、紗良は首を傾げる。

「前回は持ってなかったですよね、武器」

「ああ。はい、あの時は、森の外の祭壇にお供えするだけのつもりだったので」

男はあっさり肯く。

「しかし、精霊様が、次回もここへとおっしゃられたので」

「あ」

そうだった。

「あの後、領主様に報告して、すぐに結界石を調べましたところ、やはりひとつ破損しておりました。

それを新たに補修し、張り直しは済んでおります。

しかし、私は精霊様の御言葉に従い、数人を連れてここへ入るため、一時的に解除しました。ところが、結界を解いたにもかかわらず、私以外は立ち入りができないという現象が発生いたしまして」

紗良は肯いた。

「ああ、そうでしたね、御神木の力で、新しい別の結界を張ったらしいです」

すると男は、目を見張った。

「そうでしたか。

……とにかく、私以外は入れず、しかし魔物のいる森を抜けてこちらへ参らねばならないということで、本日は珍しく帯剣しておりました」

「ごめんなさい、私が来いって言ったみたいで、っていうか言ったんですけど、何も考えてなかったので……。

次から祭壇とかっていうところでいいですよ。私が取りに行くので」

男は、さっきよりも驚いた顔をしてから、とんでもない、と言う。

しかし、紗良も紗良で困ってしまう。

「ここに来る間に魔物に襲われて死んじゃったら困るので。私なら、悪い奴は私の傍に寄れないようになってるので、大丈夫ですし」

「そうなのですか」

「そうなのですよ」

「そういえば、精霊様は巧みに魔法をお使いですからね、お強いのでしょう」

「そうですか？」

「ええ、とても繊細に風を操っておられました」

風？

男がそう言った瞬間に、紗良の頭はくらりと揺れた。

まるで新しいデータをインストールされたみたいに、思考がいっぱいいっぱいになった。

そうして、紗良は、切断《アウラ》という言葉が、『風』を意味することを知る。

この世界の言語が、紗良の言語体系と重なっていく。

切断《アニマ》は『息』。

同じ切断でも、その強さが違う。

だから、吐息《アニマ》でかまどの火を調整できた。

言葉《スペル》はトリガーだと、マニュアルノートは言った。風をつかさどる魔力を、言葉を通した認知で操る練習をしていたということだ。

紗良は、真上を見る。男と違って、御神木のすぐ真下にいたから、頭上に樹冠が広がっていた。その一点に、魔法を放つ。

風を操る。

数秒を置いて、紗良の手の中に、栗の実がひとつ、落ちてきた。

男は、おお、と笑う。

「さすが精霊様です、無詠唱を会得《えとく》なさっておられる」

そうだ、紗良はたった今、魔法の仕組みを理解した。もう、呪文《スペル》に頼らず、自然の摂理を操ることで、魔法を使えるようになったのだ。

その証拠に、さっきからファンファーレの音が止まらない。何段階もレベルアップしたことを、実感する。

それにしても、やはりこのファンファーレは、自分以外には聞こえないのだな、と納得した。男は相変わらず、にこにこしているだけだ。

「ありがたいお心遣いですが、やはり私がここまでお供えに参ります。

実は、先日下げ渡してくださった御神木様の実が、病気の子供を救ったのです。

その奇跡を、少しでもおすそ分けいただきたいという下心です」

「ええっ、そんなすごい力が？」

「完治という訳ではないのですが、自己治癒力が働き始めるくらいには、落ちた体力が一気に回復しました。

本当にありがとうございました」

「いいえ、私のチカラじゃないので……。

よかったですねえ、お子さん。奥様も喜んだでしょうね」

「ええ、もちろん、奥方も、夫であるシダリウスも、泣いて喜びました」

「ああ、あなたの子の話じゃなかったんですね」

「私ですか？　私は独身で、神に仕える仕事をしておりますので……」

なるほど、神父さんとか牧師さんみたいなお仕事なのかな、と紗良は思う。

そして、男の穏やかで知的な様子に納得した。

「それに、私はそれなりに訓練し、そこそこ強いので、精霊様をご心配させるようなことにはなりませんとも」

「それにしたって、前回から1週間しか経ってないですよ。

こんな頻繁に森に入って、本当に大丈夫なんですか？」

「本来は、慰霊祭に合わせて年に四回なのですが、今日は精霊様にお礼をしに参りました」

たった四回なのか！

紗良はがっかりした。

お供えの野菜で一冬越す、という計画がご破算である。

「領主様と相談いたしまして、今後は精霊様の御望みの通りにお供えをお持ちしようと思っております」

何それ最高！

紗良は明るい先行きに喜んだ。

男は、笑いをかみ殺したような顔で、

「7日に一度程度でよろしいですか？」

と聞く。

喜びすぎたからだろう。仕方ない、嬉しかったので。

「いえいえ、月イチでいいですよ」

「いいのですか？　仕事ですから、毎日でもいいのですよ？」

まじ？

「……いや、じゃあ、半月に一度で」

「かしこまりました」

いいのか？

紗良は、心から自分のことしか考えていなかったので、ここで初めて躊躇《ちゅうちょ》が生まれた。

魔物のいる世界で、それが見境なく襲ってくる世界で、それがうようよしているらしい森に、2週に一回のペースで入る、ということについて、考える。

魔物どころか、蛇に噛まれただけで、紗良は死にそうになった。解毒の魔法がなかったら、あっさり死んでいただろう。

目の前の男は、いうほど強そうには見えない。それなりに鍛えている、という言葉の通り、それなりの筋肉しかついていないし、虫も殺さないような顔をしている。

もし本当に襲われてしまったら、結構、死ぬのでは？

紗良は、快適な食生活と、目の前の男の安全を天秤《てんびん》にかけた。

「ごめんなさいやっぱりもう来ないでください、私、精霊様じゃないんです！」

さよなら新鮮な野菜。

ひょろひょろのさつまいもを掘って暮らす冬を思い、叫びながらちょっと涙が出た。

すると男は言った。

「あ、やっぱり」

21

にこにこしている男を見て、紗良は涙も止まった。

やっぱり、ってどういう意味だろうか、と、すでに予想している結末以外を探そうとしてみたが、そんな救いはなかった。

「知ってたんですか？」

「あ、いえいえ」

男は、慌てたように手を振る。

「ほぼ精霊様のようなものですし、最初に間違えたのは私ですし、もうそのまま精霊様で構わないというか」

「人間ですみません」

「魔物を見たことがないとおっしゃるし、人の手の入ったものを召し上がってらっしゃいますし、結界についてもご存じありませんでしたし、まあなんといいますか、その」

「人間の分際で黒いのに攻撃したこと怒ってすみません」

「御召《おめ》し物《もの》も少々、その、奇ば……いえ、独特、ええと、オリジナリティの高い」

「褒めてます？　か？」

「あ、えっと、つまり、そういうことを考えあわせると、界渡《かいわた》り様なのかなと」

突然出てきた知らない言葉に、紗良は首をひねる。

言語は一致しているのに、意味は分からない。

「界渡り？」

「ええ、ここことは違う世界からいらっしゃった方々のことです」

「ええっ、異世界転移って、他にもいるんですか！」

胸がざわざわする。

自分が唯一ではないことが、救いのような、奇妙な予感を生むというか、複雑な感情で落ち着かない。

「ええ、現聖女様も、先日こちらへ呼ばれて降臨なさった界渡り様ですよ」

ああ、やっぱり、なんだか胸が変な感じ。

紗良は、その話題から離れるべきだと思った。そうでなければ、知らなくてもいいことを知ってしまうに違いない。予感であり、確信でもある。

「あの、じゃあ、そういうことで、もう来ないでください」

立ち上がってそう言うと、男は、怪訝《けげん》そうな顔をした。

それから悲し気な表情で、

「……申し訳ありません、不躾《ぶしつけ》でした。

望んで降りて来られる界渡り様はほとんどいらっしゃらないこと、失念していた訳ではないのですが、精霊様が森に馴染んでいらっしゃったので……」

「私、精霊じゃありません、人間です。あなたの言う通り、望んでないけど、この森で暮らすつもりです。

私にはそれが出来るし、お供え？　とかがなくても、別に困らないんです。だからさっきの話は、ナシで」

男は、肯いた。

「精霊様が……いえ、あなた様がそうお望みなら」

「癒しの実ならその辺から取って行ったらいいですよ。このでっかい木だけじゃなく、森全体に癒しの効果があるみたいです」

「そう、ですね」

紗良は、男の顔が微妙に揺らいだのを見逃さなかった。真顔ではあるが、一瞬、困った顔をした。

「……なんですか、駄目なんですか？

勝手に採っちゃ駄目とかいうやつですか？

人間が勝手に決めたルールで、勝手に困ってたら世話ないですよ？」

彼は、一瞬の後、面白そうに笑った。

「ええ、全くですね、少なくとも結界に関してはそうです。

しかし、御神木様の恵みについては、私たちが決めた話ではなくて」

「というと」

「うーん、実は、我々が採取したものは、森を出るとなぜかあっという間にしおれて枯れてしまうのです。

ただ、結界内に侵入不可、というのは、教皇庁が定めた法でして、病人を連れて森に入るという訳にもいかないのです」

「ふうん」

紗良は腕組みをした。

「偉い人って、決めごとをすれば万事解決と考えますよね、そんな訳ないのに」

「全くです」

男は苦笑する。

「ところが、あなた様が下さった実は、街へ持ち帰っても新鮮なままでした。これは本当に稀《まれ》なことで、聖女様かよほどの高位神官にしかなしえない奇跡なのです。

だから、先ほど申しましたでしょう、人間かもしれないけれど、もはや精霊様といってもいいでしょう、と」

腕組みのまま、首をひねって考える。

森の植物は、万能薬ではないらしい。けれど、人を元気にするくらいの効果はある。これが、絶対に治る、とかなら逆に森の恵みをうまいこと管理、ということになるだろうが、そこまででもない。

逆に言えば、普通レベルの回復効果しかないから、聖域を荒らす危険をおかしてまで立ち入り許可を出さない。

紗良の癒し《アウロラ》くらいの効果なのかな？

とはいえ、誰もかれも全員が魔法を使えるわけでもないだろう。近隣の人々にとっては、実在するのに手に入らない恵みなんて、酷な話だ。

「そういうことかー……。

うーん、私が採ったから、っていうのが本当にそうか分かりませんけど、私であることに意味があるなら、じゃあ、ご協力しますけどー」

たとえ教皇庁とやらの許可があっても、今はもう、紗良とこの人以外、この森には入れない。誰に試してもらう訳にもいかないのだ。

「すみません、あなた様ならきっとそうおっしゃってくれると思い、枯れてしまうことを打ち明けました。お心に背いてまで、お手を煩わせてしまうこと、分かっていました」

男は、片膝をつき、頭を下げた。

「感謝いたします、精霊様」

「いやいや、私でもそうすると思うので大丈夫です、大した手間じゃないですし。あと、その呼び方やめてください、お互い人間って分かってるんだし」

「ではなんとお呼びすれば？」

「名前でいいです、私は紗良です、津和野《つわの》紗良」

「では紗良様と」

様をつけるのに名前呼びか、と突っ込みそうになったが、姓と名を取り違えている可能性に思い当たる。津和野様、と呼ばれるよりは幾分かマシ、という気がして、紗良は訂正するのをやめた。

「最初のご希望通り、半月に一度、こちらに参りますね。申し遅れました、私は、近隣の街ナフィアの神官、フィル・バイツェル。以後、紗良様にお仕えいたします」

「お仕えとかはいらないので、ご安全にここまで来てください。本当に大丈夫なんですね？」

「はい、お任せください！」

にこにこしている男は、どんと胸を叩いた。あまりどんと任せられそうな胸板はしていないが、本人がいいと言うのだから、いいのだろうか。

紗良はうーんと唸りながら、こっそり後ろを向いて、ノートを開いてみた。

＊＊＊＊＊＊＊＊＊＊＊＊＊＊＊＊＊＊＊＊＊

〈魔法使いと賢者〉

ふたつの魔法は違うようで同じ、同じようで違う性質を持ちます。

世界を理解すればするほど、お互いにその力を高め合うでしょう。

属性エーテルを取り込む根本は同じですが、賢者の魔法は単体では常時発動ができません。

魔法使いとしての道を究めた者だけが、全ての属性を使いこなすことができます。

理解とは、実践です。

おめでとう、あなたを【魔法使い】として世界が認知しました！

＊＊＊＊＊＊＊＊＊＊＊＊＊＊＊＊＊＊＊＊＊

よし、何を言っているのか全然分からない。

とにかく、常時発動、というひらめきだけは得た。

これは今でも使っている。例えば、安全地帯《パルサス》とか、床暖とかだ。

自分対象の安全地帯《パルサス》だけでなく、離れたウッドデッキにも発動可能なことを考えると、できることは多そうだ。

目的に照らし合わせてみると、イメージは——そう、警報器だ。

センサーに触れると、ワーニングアラームが鳴るような感じ。

まずは光、それから雷のエーテルを使う。

「あのー、今からあなたに、感知式の魔法をかけてもいいですか？」

「……と、おっしゃいますと？」

「あなたが攻撃を受けたら、私に分かるようにするんです」

「なんと、そんなことが可能なのですか？」

「うーん、多分？

っていうか、ちょっとイメージが追い付かなくて、攻撃受けてからじゃないと分からないタイプなんですけど。そのうち改良できるかもしれないけど、とりあえずですね」

「はあ、なるほど」

「まあ、死んでなければ多分助けられるので、駆け付けるまで頑張ってもらえれば！」

「多分、が多いようですが、もちろんお受けいたしますとも。私を気遣ってくださるのですね」

「うーん、まあそうですね……私が罪悪感覚えちゃう結果になってもアレですし」

「はい、アレですよね」

当初の印象より、だいぶ能天気な気がしてきた。精霊様と崇めていたのが、一応、人間同士だと確認し合ったからだろうか。

フィルと別れて河原に戻ってくると、なんだかどっと疲れた。

ウッドデッキに靴を脱いで上がり、やはり寛ぐときは裸足《はだし》だな、などと思いながら、クッションにもたれかかる。

床はほどよく暖かく、紗良は少しだけうとうとした。

やがて、少し肌寒くなり、目を覚ます。

いや、肌寒いというよりは、風を感じて起きたのだ。生ぬるい風だ。

その正体は、こちらの顔を覗き込んでいる、黒い魔物の鼻息だった。

ちなみに、アテルグランスというこの魔物の名前は、こちらの言葉で『黒き弾丸』という意味である。こののっそりした生き物に弾丸なんて、似合わなすぎて、一文字ごとに盛大に草を生やしたい気持ちだ。

紗良が森に出歩いていたことから、シンクの完成に感づき、今日はパン以外のものが出てくると思ったのかもしれない。

渋々とクッションからどくと、魔物はいそいそと代わりに寝転んだ。

やれやれ。

とはいえ、さすがに自分もおなかが空いている。

紗良は、キッチンに立つべく、ウッドデッキから降りて靴をはこうとした。

辺りはもう薄暗く、うまく足元が見えない。

靴、ここらへんだったな。

心当たりの場所を探るつま先が、何か、柔らかいぷにっとしたものに触れた。

なんだろう。

紗良は、光《ルクス》を操り、足元を照らした。

紗良一人では抱えられないくらい大きなサイズの、鶏が死んでいた。

心臓が縮み上がり、喉から悲鳴が飛び出す。

「ぎゃぁぁぁぁぁ！」

背後で、びたん、と魔物の長いしっぽが床板を打った。

22

紗良だって馬鹿じゃない。

信じられないくらい大きな鶏、というのが、魔物のお土産だということくらい分かっている。

しかし、人間には、獣に比べて幾分か退化したかもしれないが、本能というものがあり、それは止められないものだ。だからもう、反射的に悲鳴をあげるのは仕方がない。

悲鳴というか、野太い叫び声になっている気もするが、黒い魔物相手にかわい子ぶっても無意味なのでそれも仕方ないことにする。

翌朝。

冷蔵庫を覗くと、そこは密閉ジッパーバッグの青で埋め尽くされている。

昨日、錬金釜に放り込んでパッキングした鶏肉だ。

いや、もちろんこれは鶏ではない。なんだか長い名前がついていた。例によって覚えていないが、でも、要は鶏なのだ。

鶏肉が手に入り、今回はさらに、鶏レバーが追加された。

思えば、前回は初めてということもあり、内臓系は遠慮してくれたのだろう。確かに、さっきまで目の前で横たわっていた豚の内臓は、なかなかに衝撃だったかもしれない。

ということで、紗良の家の冷蔵庫は今、ぱんぱんだ。

前の豚肉も残っていて、これは切り分けて冷凍してある。

黒い魔物の来る頻度が上がっているので、一冬はもたないだろうけれど、とりあえずは十分というところ。

「レバーパテにするかなぁ」

ため息をつく。内臓系はさすがに、うろ覚えの手順や目分量でどうにかなるメニューではない。

手はある。

レシピ本だ。

部屋をまるごと転移させられた利点は、ネットが使えなくてもローカルな手段なら現代そのままにとれるところ。

けれど、そのレシピ本は、全て母が書いたものだ。家族が恋しい紗良にとって、著者近影の載った母の本を開くのは、とても勇気が要る。

新鮮なうちに調理しなければならないけれど、今日はまだ、ちょっと、決心がつかなかった。

ふうとため息をつき、とりあえず、冷凍パイシートを二枚取り出してから、オーブンレンジを予熱し始めた。

昨日、フィルがくれたりんごは、やはり酸っぱかった。

果樹園、というのは、どのくらいの時代で現れるのだろう。やはり、育てたものではないのかもしれない。その辺の庭で生っている木の実をもいでお供物にする習慣を想うと、なんだか生活に根差していていいな、と思う。

そんなことを考えながら、りんごを四つ割りにし、皮と芯を除いて薄くスライスする。それをボウルに入れて、砂糖とシナモンパウダーを混ぜて置く。

その間に、冷凍パイシートは少しだけ柔らかくなっていた。

一枚をクッキングシートに出し、パン粉を薄く敷き詰める。その上に、ボウルの中身を出し、平らに広げてから、バターをちょんちょんと載せる。もう一枚をかぶせて端っこをフォークで押さえる。

天板に載せてオーブンに入れて、焼きあがるまでの間にシャワーを浴びた。

コーヒーと、熱々のアップルパイの皿を持って、ウッドデッキに出ると、右に左にごろごろしていた黒いのが起き上がり、フードボウルの前に座った。

半分ずつに切って、それぞれで味わう。

だから一口で食うなよ。

足りないのかな……。

フィリングはわざわざ煮ることなく、生のりんごから焼いたのだが、出た水分はパン粉が吸っているので、生地はさくっとしている。甘酸っぱく柔らかく焼けたりんごが、紗良の好みにはちょうどいい。生地のバターと、ダメ押しで載せた塊のバターが、口の中でりんごにコクを与えている。

さて。

今日は、後回しになっていたローテーブルを作りたい。

床暖にしてから、チェアに座ることがほとんどなくなってしまった。そうなると、サイドテーブルでは高さがありすぎる。部屋にあるテーブルを持ち出してくる、という案もあるが、レベル上げも兼ねてやはり作りたかった。

統一感もでるし。

アップルパイを食べ終わった紗良は、よしと立ち上がる。

機能確認も兼ねて、外のシンクで皿とカップとフードボウルを洗い、まずまずね、などと思いながら、テーブルづくりに取り掛かることにした。

錬金釜を置いている草地に移動し、材料を確認する。

違う木材も試したほうがいいだろうかどうしようか、と考えていると、急に、ぱしりと皮膚を叩かれたような感覚があった。実際には叩かれたわけではなく、そんな風な感覚、ということだ。

初めての経験に、驚いて周囲を見回す。

すると、森の入り口あたりで、小型の犬のような動物がいるのに気づく。

茶色というよりは、褐色のような、妙に赤っぽい毛色の犬だが、目は鋭く、ついでに歯も鋭いようだ。こちらをじっと見ながら、隙間を探すように動き回っていた。

安全地帯《パルサス》が発動したんだ、と、直感した。

敵意を持って紗良に近づいて来ようとした犬が、魔法ではじかれた、その瞬間がさっきの叩かれたような感覚だった。はっきりと分かるくらい、あからさまな害意だ。

犬は、しばらく辺りをうろうろしていたが、やがて諦めたのか、そのまま森の奥へと去って行った。

いかにも俊敏そうな様子だったから、魔法がなかったら、気づいたら死んでいたなんてこともあったかもしれない。

恐ろしい。

久しぶりに膝が震えた。

ふと後ろを振り向く。

ウッドデッキの上で、黒い魔物が、首をもたげてこちらをじっと見ていた。しかし、腹ばいになって前脚を伸ばし、動く気はなさそうだ。

あいつはあてにならない。

紗良は、改めて、自分で自分を守ろうと決意した。

がたがたしないテーブルを作り終わるまで、紗良は、さっきの野犬のことをずっと考えていた。

正確には犬ではない。マニュアルノートによれば、なんとかという種類の野生動物だ。またまた長くて難しかったので覚えていないが、とりあえず、肉食らしい。

出来上がったテーブルを設置した後、紗良は、相変わらず右に左にごろんごろんしていた黒い魔物の横に正座した。

「ちょっとあんた、座んなさい」

魔物は、声をかけられたらしいことは分かったのか、ちらりと紗良を見た。座る気はなさそうだったが、一応、仰向けから腹ばいになってはいる。

「……まあいいでしょう。

マニュアルによると、この森にはめちゃくちゃ沢山動物とか魔物とかいるそうです。

危険です」

魔物は、無言でぴくりとも動かない。

「……ええと、あんた、なんか強い種族らしいけど、そりゃ種族としてはそうかもしれないけど、あんた多分、そうでもないよね？

だって、ごはんばっかり食べに来るし、自分で餌が取れないのよね？

分かるよ、あると思う、そういうの。

のんびりしてるし、そういう個性もあると思う」

紗良の慰めに、魔物はなんだかひげを下げ始めた。きっと、見抜かれて恥ずかしかったのだろう。

「だから、あんたの面倒、私が見るから。この間、神官のあの人にかけた感知の魔法、あんたにもかけておくから。いいね？

あと、探しやすいように名前つけるから。

うーん……クロちゃんとか分かりやすくていいよね」

魔物が歯をむき出しにした。気に入らないらしい。

「何が嫌なの。

じゃあクロネコちゃん？

あ、ネギチャーハンちゃんは？

これも駄目なの？

日本語じゃ通じないのかな。じゃあこっちの言葉にするかぁ。覚えられるかな。

うーん……こういうのは縁起を担いだほうがいいよね、やっぱり。

元気《ヴィヴィド》いっぱいちゃんにしよう。

あんたは今日からヴィヴィドね、分かった？」

黒い魔物あらためヴィヴィドは、目を閉じて無の表情らしきものを見せる。

動物は表情がなくて分かりづらいな、と思うが、歯をむいていないので拒否の姿勢ではないに違いない。

「じゃ、魔法かけるね」

フィルには試行錯誤してかけたが、今回は一発だ。

これでよし。

魔物としては落ちこぼれかもしれないが、美味しい食べ物を共有できる相手としては悪くない。

一人で食べるのもいい。誰かと食べるのもまた、いいものだ。

ファンファーレが鳴った。

スマホを確認すると、【賢者】のレベルが64に上がっている。

ついでに、もうひとつ、【魔物使い】のレベルも48になっていた。今までゼロだったのに、随分一気に上がったものだな、と驚く。

序盤補正かな？

これ以上、魔物の知り合いは増えない予定なので、レベルも頭打ちだろうけれど、何をする職業なのか分からないので、気にしないことにする。

レベルが上がったら、とりあえずマニュアルノートを開くことにしている。出来立てのローテーブルに載せていたそれを開くと、新たなページが増えていた。

＊＊＊＊＊＊＊＊＊＊＊＊＊＊＊＊＊＊＊＊＊＊＊

〈賢者〉

魔法使いがエーテルを操るのに対し、賢者はそこから外れた領域も受け持ちます。

その最たるものは、『時間』です。

これまで使うことのなかった魔法は、今までと同じように呪文《スペル》をトリガーにして習得していきましょう。

また、繊細な魔法なので、確実性を重要視するために、仕草ではなく道具を利用します。

＊時間停止の魔法

杖《フエールラ》を両手でつかみ　保存《ノヴァ》

＊＊＊＊＊＊＊＊＊＊＊＊＊＊＊＊＊＊＊＊＊＊＊

杖なんて持っていない。どうしとろいうのだろう。

首を傾げた時、頭上から、いつか聞いたことのある音がした。羽ばたきの音だ。

見上げると、風になびく赤いスカーフが見えた。

23

大きな翼が風を生み、紗良の顔を撫でる。

相変わらずでっかいな、と思いながら、少し下がって場所を空けた。

久しぶりに見たペリカンは、口に何かをくわえている。そのせいでバランスが難しいのか、とても慎重にウッドデッキに降りてきた。

鳥特有の足が床に着いた途端、ぴょんとはねた。

どうやら、床暖にちょっと驚いたらしい。

しかし、再び降り立つと、確かめるように何度もその場で足踏みしている。挙句、辺りをぐるぐる歩き回り始めた。

気に入ってくれたようでなにより。

「ヴィヴィドちゃん、ヴィー、食べちゃ駄目」

尻を上げ、頭を低く保って、あからさまにペリカンを狙っていたヴィヴィドは、仕方なさそうにまた腹ばいになる。

それに気づいたのか、ペリカンは慌てたように紗良の元にやって来て、くちばしを突き出してきた。

くわえられていたのは、プラチナのような柔らかい銀の色を持つ、綺麗な杖だ。上部には金色の繊細なツタが絡みつき、てっぺんでカゴのようになっている。中には、真っ赤な石が抱かれていた。手に持ってみると、ずっしりと重い。

「え、これ、持ち歩くの？　無理だと思う」

ペリカンは、紗良の疑問を我関せずとばかりに無視し、ちょっとだけまたその辺りをぺたぺたと回った。一度ぺたりと座り込み、鼻息を長くはいてから、バッサァと舞い上がった。

みるみる遠くなっていく。

「ねえこれ重すぎるよ！」

「アホー」

このやろう。

紗良は途方にくれた。

すると、風もないのに、マニュアルノートが勝手に開く。

＊＊＊＊＊＊＊＊＊＊＊＊＊＊＊＊＊＊＊＊＊＊＊＊＊＊

〈賢者の杖〉

賢者の杖は、力を増幅させるだけではなく、安定性を高めます。

繊細な魔法が多い賢者の場合、常に身につけておくのが良いでしょう。

まずは、あなたの魔力を登録します。

杖を握り、額に当てます。

名を名乗り、世界の理《ことわり》に誓う者であることを告げましょう。

＊＊＊＊＊＊＊＊＊＊＊＊＊＊＊＊＊＊＊＊＊＊＊＊＊＊

そんななんだか分からないものに誓うのはどうだろう。

そう思ったけれど、世界の理というのが、エーテルの流れのことだと気づき、それならばと納得する。

「『我が名は津和野紗良、世界の理に誓う者』」

その途端、てっぺんの石が輝き始めた。そして、そのままゆっくりと回転する。

すぐに、杖と一体になった感覚があった。

その感覚に従って、変化をイメージする。

手の中が一気に軽くなって、杖はそのまま小さく縮んで消えると、紗良の右耳にイヤーカフとなって現れた。

「これなら持ち歩ける」

頭を振ると、垂れ下がった金鎖と赤い石がしゃらしゃら揺れる。

耳から外せば、元に戻るらしい。何の気なしに取ってみる。

わずかに光り、一瞬ののち、手の中に杖があった。

「あっ……ば……」

危ない、急にずしりと重くなって、取り落とすどころか一緒に転ぶところだった。

落としたら割れるだろうか。危険すぎる。

今は保存の魔法にしか使わないから、心構えをしてから出すことにしよう。

紗良はもう一度杖をイヤーカフにした。

よし、森へ入る。

保存の魔法を覚えたからには、保存食に加工しなくてもいいということだ。冬越えに十分なだけの量を採ってくれれば、春までのんびり暮らせる。

翌日、いつものジーンズとブルゾン姿になり、おにぎりを二個作って、遭難セットに入れる。

ザックを背負って、外に出ると、ヴィーが河原で水を飲んでいた。

「ちょっと行ってくるねー」

そういえば、魚もなんとかしたいんだったなぁと思いながら、紗良は森へと足を向けた。どこかで鳥の声がする。動物たちはどうやって冬を越えるのだろう。さほど雪が降らないらしいから、冬ごもりまではしないのかもしれない。小さな鳥たちは、暖かい地方に渡るものもいるだろう。

マニュアルノートによれば、ここは大陸の南端だというから、だとすれば海を越えるに違いなかった。

「海か」

紗良は、部屋の前の広い川を思い浮かべた。明らかに下流域の水量と流れだし、川幅もある。もしかして、川に沿って下れば、海に出るのではないだろうか。海の幸はとても魅力的だ。

とはいえ、釣り竿が昔話レベルの紗良では、漁など望むべくもない。

何か考えないと。

「うわぁ、無花果《いちじく》だ」

寒い地域で育った紗良には、高級品だ。

一度、四国の旅行先でとんでもない安価で売っているのを見て、心底羨ましくなったことがある。就職は絶対に西日本にしよう、とまで思っていた。

マニュアルノートを確認して、食べられると分かったので、味見、と言いながら一口かじる。

とても甘い。原種でもこれだけ甘いのは、きっと珍しいに違いない。その証拠に、手の届く範囲は皆、食べられてしまっている。逆に、てっぺんの方も、鳥につつかれている。

中間あたりの、無事なものを風魔法で収穫した。

そのままでも食べたいし、ジャムにもしたいので、ちょっと多めにもらっておく。

移動しながら、きのこと、天然酵母用のりんごも採取する。

そういえば、カゴを編むためのつるも欲しいのだった。

乾燥きのこ用に作ったカゴは、重かったけれど、ちゃんと使えている。あれは木の皮を裂いて作ったけれど、つるやツタのほうが長くて使い勝手が良さそうだ。

「そうだ、さつまいも」

御神木の下にできていた、さつまいもと呼ぶことにしたあの芋のつるはどうだろう。

紗良は、北に向かっていた足を、西に向けた。

そろそろ陽が高くなってきている。腕時計はつけない習慣なので、スマホで時間を確認しようかと思ったが、面倒だったのでやめておく。

今が何時かなんて、もう、あまり意味がない。昼間か、夜か、それだけでいい気がする。

日本で生きていたら、一生に一度も経験することのないだろう感覚は、紗良の心を少しだけ自由にしていた。

相変わらず尋常ではない大きさの御神木の下で、しゃがみこむ。

ふかふかとした地面は、この木の葉が降り積もり、栄養満点という感触だ。

つるを引っ張ってみると、前回より少し太ったさつまいもが現れた。もしかして、以前は収穫にまだ早かったのかもしれない。

十本ほど掘った後、そのつるもついでにひきちぎってもらっておく。意外に繊維質で強く、乾かせば使えるような気がする。

ある程度集まったら、休憩がてら、お昼ご飯にすることにした。

ザックからミネラルウォーターのペットボトルとおにぎりを出し、流水《フルクツ》で手を洗ってさらに浄化《ルクス》をかける。

現代日本で育った紗良のこと、未知の世界の病気にかかったら、重篤化すること請け合いだ。リセットはあるにせよ、魔力がリセットされない現象もあるし、用心するに越したことはない。

「いただきます」

今日は、しゃけと梅干しのおにぎりがひとつずつ。

あいにくとお茶のペットボトルはなかったので、水だ。今度、家のどこかにある水筒を探しておかねばならない。

アルミホイルをむいて、一口いこうとした時。

何か変な衝撃を感じて、紗良は動きを止めた。

安全地帯《パルサス》が発動した様子ではない。感覚が違った。そうではなく、何かもっと別の衝撃だ。それが、二度、三度とある。

え、なに？

きょろきょろしている紗良の背後で、ひときわ大きな衝撃音がした。

慌てて振り向く。そこにあるのは、御神木のとんでもなく大きな幹だ。

じっと見ていると、なんだか小さく光が瞬《またた》いた。

なんだろう。

目を凝らすと、その光はあっという間に大きくなり、そして、四角い形を作る。馴染みのある大きさだった。そう、それはまるで、ドアのよう。

御神木にドアができた？

そう思ったせいかどうか、まばゆい光は増し、それと同時に、光の向こうから誰かが飛び出してきた。

風と、光と、それから足元の枯葉を踏む大きな音と、そんな騒がしい気配と共に現れたのは。

「あっ、あ、い、いた、ほんとにいた……！」

真っ白いシンプルなドレスに、長い髪をなびかせ、額には金のサークレットをつけている同年代の女性で、そして、その顔に紗良は見覚えがあった。

彼女は、紗良を見て、顔をくしゃりとさせた。

「ごめんなさぁぁぁい、津和野さぁぁぁぁん！」

大声で泣き始めた彼女の背後で、光のドアが静かに閉じていった。

24

大学の敷地の端っこにある3号館、その2階に紗良の専攻科が入っていた。

3階には、同じ学部の別の専攻科が入っていて、他の建物とかなり離れている条件もあり、そのふたつは交流も多かったと思う。

ちなみに1階は研究室と講義室だ。

佐々木萌絵《ささきもえ》というその学生について、紗良はほとんど知らない。

ただ、同じゼミの子とバイト先が同じということで、しょっちゅうゼミ室に入り浸っていたことは覚えている。合同飲み会でも一緒になったし、よく雑談はしていた。二人で出かけるようなことはなく、友人かと言われれば、即答はしかねる、といったふうだ。

ところで、異世界に来る直前の紗良は、散々だった。

自転車をこいで買い物に行く途中、急に歩道に乗り上げた車をよけようとして転んだのだ。

自転車のフレームはひしゃげ、ハンドルは変な方向に曲がって戻らない。ちょっと手のひらをすりむいただけで、幸い大きな怪我はなかったが、倒れた自転車にあたふたしている間に、その車はいなくなってしまった。

紗良は、落ち込みながら、変な方向に勝手に曲がろうとする自転車を引きずって自宅に帰った。

翌日、徒歩で大学へ行くと、友人たちに自転車はどうしたのかと聞かれた。

実はと説明すると、「病院行ったら？」と言われ、首を傾げた。

ちょっとすりむいただけ、他に怪我してないよ、と言うと、みんな、やれやれというふうに笑った。

そして、そうじゃなくて診断書もらっといで、と言うのだ。

何のために？

戸惑う紗良に、ことさら優しく、危険運転だからそのまま警察署に行って訴えるべきだったよ、と誰かが言う。訴えるのに、診断書があるといいらしい。

そっか、でも自転車壊れちゃったし、バスで行かなくちゃ。

素直に肯く紗良に、誰かが、あんたその自転車クレカで買ってたじゃん、保険確認しなよ、と言う。

保険？

聞き返すと、「クレカには保険が付帯してることあるから、それがついてるかどうかも使える事案かどうかも知らないけど、問い合わせて損はないでしょ」と友達。

知らなかった。

紗良は、ありがとうと肯いた。

津和野さんってさあ、末っ子？

思い出した。冗談みたいな口調で聞く、その人が、佐々木萌絵だった。

彼女につられて、みんなが笑った。

嫌な感じではなかったけれど、紗良にしてみれば、現実に末っ子であることの何が面白いのか、分からない。

結局、クレカの保険、というやつは確認しなかった。父親が飛行機で飛んできて、警察への届けも、壊れた自転車の処理も、新しい自転車の購入も全部済ませてしまったからだ。

それで、その次の日、紗良は急に思った。

大学、行きたくないな。

友達はみんな優しい。

あれからどうなったの、と、きっと尋ねてくれるだろう。

紗良は、全部父親が後始末をしたと伝える。

ふーん、で終わる。

多分。

何も困ることはない。

分かっている。

けれど、少しだけ、なんだか、居心地が悪い気持ちになる。

いつもそうだ。

誰も意地悪は言わないし、嫌な顔もしないし、いい人しかいない。

なのに、ほんの一瞬だけ、変な空気が流れることがある。

その瞬間が、紗良はとても嫌いだ。

ああ、大学、行きたくないな。

そう思いながら、朝、ドアを開けた。

目の前に川が見えたのは、そんな日だった。

そしてその異世界で、佐々木萌絵は、ぺったりと座り込んで泣いていた。

「え、え、佐々木さん？　どうしてここに？」

慌てふためく紗良は、驚きすぎて動けないくらいだ。

さらさらの長い黒髪も、小作りの可愛らしい顔もそのままだが、着ているものは森の中に似つかわしくないひらひらの服だ。

彼女は、泣きながら言った。

「つ……津和野さんを道連れにしたの、私だから……」

それを聞いた紗良は、思わず言った。

「ああ、佐々木さんだったんだね」

「え。……あの、知ってたの？」

「ううん、じゃなくて、ちょっと知り合った人に、聖女っていう人も異世界から来た、って聞いてたから。同じ立場の人がいるんだろうなって思ってた。

それって、佐々木さんのことだよね、きっと」

「あ、うん。私。聖女」

そう言った彼女は、涙にぬれた顔で、ちょっと皮肉げに笑った。

「おかしいよね、私が聖女なんて」

「いやー……分かんないけど、似合ってるよ、その服」

すると彼女は、泣き止みかけた顔をまたくしゃりとさせた。

「うっ、うっ……そういうところ、嫌いだったー！」

号泣する彼女を、紗良は黙って見ているだけしかできない。

泣きながら彼女が言うことには、ある朝、大学に行こうとバスに乗ったとたん、その入り口が異世界につながっていたらしい。

ぽかんとする萌絵は、跪く男たちに、自分が聖女だと聞かされる。

異世界に招かれ、その世界を安定させるために尽力してほしいと。

勿論《もちろん》、彼女は断った。今までの人生を捨て、家族も友達も捨て、必死で勉強して入った大学のキャリアを捨て、なぜ見知らぬ人々を助けるために働かなければならないのか。

正論を述べる彼女に、男たちはひたすら頭を下げ、そして言ったそうだ。

『しかしもう、聖女様は元の世界には帰れません』

振り向けば、バスの入り口は消え、後に聖域と分かる森の中にいたらしい。それはここは違う森で、もっと王都に近い場所にあるそうだ。

泣いて喚いて元に戻せと言い募る彼女も、だんまりを決め込む男たちにあって、もうどうしようもないのだと絶望した。

悔しくて悲しくて、腹立たしくて、怒りがおさまらなくて、泣いて泣いて、そして彼女は言ったそうだ。

「なんで私だけこんな目に！　どうして私なの！　もっと幸せに生きてる他の人にしてよ！」

男たちの中でも地位の高そうな老女が、このままでは聖女の気が鎮まらず、とてもお役目を果たせまいと告げたそうだ。

そして、じゃあ帰れるのかと喜ぶ萌絵に、悲し気に言葉を続けた。

「女神様は、一人でなければ心休まるのかと問うておられる」

萌絵は答えた。

「休まる訳ないじゃない！　でも、私だけなんて嫌！」

そして――そして、紗良が呼ばれた。

「なんで私なの？」

「分からない、私が指名したわけじゃないもの。

でも……もっと幸せに生きている誰か、って言いながら、私はあなたを思い浮かべてた」

ぐずぐずと泣いて、萌絵は言う。

だよね、と紗良も思った。

小中高と、私立の一貫校に通っていた紗良は、周囲の友人たちとなにひとつ変わらない生活だった。

それが、大学に入って、ようやく自分がとても恵まれていると実感する。

家賃の高い、大学近くの広いマンションを借りてもらい、全てを仕送りで賄《まかな》い、バイトの必要はなく、親名義のクレジットカードを上限なしで使い、散財はしないけれど節約もしない。母の料理学校を姉が、父の会社を兄が継ぐため、好きなように生きなさいと、家族全員に自由を認められている。

面倒見がよく、優しい家族を持ち、愛されて育った。

そんな環境全てが、きっと、友人たちにたまに感じる居心地の悪さの正体だろう。

分かっていても、紗良には何もできない。

どうにもできないことだ。

そしてそれを、友人たちも、そして萌絵も、みんな知っている。

「なんで私、森の中なの？」

「前の聖女様が、私の我儘《わがまま》で津和野さんを呼びはしたけど、私のために傍におくつもりはないって、女神さまが言ったって言ってた。

よく分かんないけど、一緒にいないほうがいい、って」

「まあそうだよね、嫌いなのに傍にいたら、イライラするもんね」

彼女は、俯く。

「嫌いって、そういう嫌いじゃない」

「ああ、うん。積極的に嫌いじゃないけど、いけ好かないんだよね？」

「そこまでじゃないもん。嫌いっていうか……羨ましいだけ。嫉妬だよ。私があさましいだけ。なのにこんなことになって……津和野さんも帰れないんだって聞いて、それで……ごめんなさぁぁいいいいい！」

紗良は困りつつも、遭難セットからタオルを出そうとザックをあさる。

「うぇぇぇん、うぇ……え……あ？　あの、津和野さんそれ」

「え？」

「おにぎり？」

「え？」

彼女が目を丸くして見ているのは、アルミホイルをむいて持ったままだったおにぎりだった。

「ああ、うん」

「なんで？」

「え？　私が作ったよ」

「じゃなくて、なんでお米があるの？　すごく高価で稀少なものだって言われたよ？」

じりじりと彼女が近づいてくる。目は、おにぎりに釘付けだ。

「私、部屋ごと転移してきたから……」

「そうなの!?」

「佐々木さんは？」

「その時身につけてたものだけだよ」

「あの……食べる？」

ぺたりと座った状態でにじり寄ってくる彼女が怖くて、ついそう言った。

「食べたい！　すごく！」

「まだ口付けてないから……どうぞ」

「ありがとう！　好き！」

調子のいいことを叫んだ萌絵は、飛びつくようにしておにぎりを受け取り、もぐもぐと食べ始めた。

「うわぁぁぁん、美味しい、お米だよぅ、美味しい、うわぁぁぁん！」

結局泣くんだ。

紗良は、取り出したタオルを手渡しながら、冷静に彼女を見ている。

悪い人じゃないんだよなぁ。

25

萌絵は、まじめに聖女をしているらしい。

異世界のやり口にまだ腹立たしい気持ちは残っているが、紗良が萌絵のせいで呼ばれたと知ってから、下手なことを言うととんでもないことが起こる、と震えたとか。

日本に未練はあるけれど、嫌なことはされないし、勉強しながらお祈りをするだけで、下にも置かぬおもてなし、というやつをされるから、今では少しずつ諦めつつあるという。

「まあ勉強っていったって、日本の頃のに比べたら楽勝なの。内容はこっちの世界独特だから慣れるまで大変だけど。

津和野さんのほうは、部屋ごと転移、リセット機能つき、マニュアルノートあり、魔力大、加護つきかぁ。私の我儘を精一杯、補填してくれたって感じだよね……」

「うん、まあ、生きるのに困ってはいないよ。加護ってなに？」

「ごめんね……」

「いや、私も同じだよ、最初は泣き暮らしたけど、諦めたとこある。諦めちゃえば、案外、悪くない気もしてくる。

加護ってなに？」

萌絵は、二個目のおにぎりを食べながら、紗良と並んで座っている。

「よく知らない、でも、女神様の加護があると、なんかいいらしいよ」

「なんかいいのかぁ」

「梅干しも美味しいね」

「うん、お母さんが漬けたやつだよ。こっちのお米、美味しくないの？」

「うーん、ううん、不味くはないけど、日本のお米じゃないから。細長くて、ぱさぱさしてる。しかもめっちゃ遠くから輸入するから高いって。

梅干しはもちろん海苔《のり》もないから、こんな美味しいおにぎり、すごく久しぶり」

ペットボトルを渡すと、萌絵はそれを逆さにした。こぼれ出る水が、しかし地面に届く前に球体になって浮かび、萌絵の口に吸い込まれていく。彼女も魔法を使いこなしているようだ。

残った半分を返してくれる。

「こっちの神官からさ。聖域に人がいて、森の恵みを与えてくれるって報告がきて」

「バイツェルさんだね。そういえば、王都の偉い人に報告するって言ってたよ」

「うん、今、私が面倒みてもらってるとこだよ。教皇庁。

どうも界渡りっぽいって、それで、見た目とか聞いたら、日本人みたいだし、津和野さんだって直感して」

「それで、会いに来てくれたの？」

「会いにっていうかぁ、確認っていうか……やっぱり私のせいだったたって分かっちゃったたっていうか……」

萌絵は、口元をぬぐうと、もぞもぞと正座をして紗良にむき合った。

ぺこりと頭を下げる。

「ごめんなさい。元の世界には帰れないみたいです。私のせいです。何でもします。一緒に王都に行って、お姫様みたいに暮らすとかもできます。してほしいことがあったら、言ってください！」

許してくださいと言わない所が、彼女らしいと思った。そう言われれば、許すと答えるしかないけれど、彼女はその言葉を言わせずにいる。

今、女子大生同士だった二人は、聖女と森暮らしの平民となり、彼女の妬みも全て消えたのだろう。そうなってみれば、紗良の存在はもはや慰めにも腹いせにもならず、無意味、いやそれどころか、心の重荷になったわけだ。

紗良は自分の心に聞いてみた。今の生活が嫌いかどうか、真剣に。

家族と離れたことさえ別にすれば、実は、悪くないと思っている。何になってもいい人生は、まだ、何者でもなかった人生だ。新しく何かを始めても、間に合う人生だということ。

「あ」

「なに！　言って！」

「ねえ、魚って、どのくらい食べる？　新鮮？

海の魚って、結構手に入る？　流通とかさあ、そんな発達してないよね、知らないけど、多分」

萌絵は、魚、と呟いた。

それから、変な顔をして、言った。

「そういう浮世離れしてるとこも、嫌いだったわ」

「そういうの、口に出しては駄目よ？」

「今は別に嫌いじゃないわよ。

なんだっけ、魚ね。食べるよ。殺生がどうとかないから、こっちの宗教」

「へえ」

「なるほど、この森じゃあ、生魚は手に入りにくいよね」

「うん。私、ここで暮らすから、今冬ごもりの準備してるの。

だから、唯一手に入りそうもない新鮮な魚が欲しいかな」

「そっか」

萌絵は、肯いて立ち上がり、膝についた枯葉をぱたぱたと叩いて落とした。

それから、胸元からスマホを取り出す。

「津和野さんもあるよね、スマホ」

「あ、うん。ネットは死んでるけど、こっちの地図と、ステータスアプリが入ってる」

紗良も立ち上がり、ポケットからスマホを出す。

「新しくアプリ追加なんて私できないから、もともと入ってるＳＮＳアプリを繋げちゃうね。

二人だけのローカルネットワークだから、電波なくてもいけるようにする」

「へえ、すごいね、そんなことできるんだ」

「教育係のね、前の聖女様がめちゃくちゃ厳しいんだよ……」

二人分のスマホを並べ、緑のアイコンアプリを選び、トークルームを作る。そして、萌絵が魔法をかけた。

試しにスタンプを送ると、ぽこん、と萌絵に通知が飛んだ。

「これでいいわね。

今日は、ちょっともう帰らなくちゃならないの。また来るわ。その時、魚とか持ってくるから」

「分かった」

「あとさ」

「うん」

萌絵は、とても真剣な顔をしていた。

そして、紗良をじっと見つめて言った。

「カレー食べたい」

「カレー」

「カレーの日があったら呼んで。変なスパイスから作る本格的なやつじゃなく、市販のルーのやつ。ある？」

「う、うん、スパイスからとか、私そんな料理上手くないよ」

「お母さんが料理学校の先生なのに？」

「うちじゃあ、お手伝いさんが作ってたから」

彼女は、かーっ！　と大声をあげ、自分の額をぴしゃりと叩く。

そして、何やらぶつぶつと呟いている。

私は聖女私は聖女私は聖女、というように聞こえた。

「佐々木さんのほうが忙しそうだし、逆に来られる日を連絡してよ。その日に合わせて作っておくから」

「ああ……今、私の中で、好きが嫌いを越えていったわ」

「それはなによりだね」

彼女は、左の耳に触れると、何かを取り外す仕草をした。

そのとたん、その手に杖が現れる。紗良の杖が赤い石を抱いているのに対し、彼女のそれはどこまでも透明な石だ。

「私のに似てる」

「これ、女神様がくれたものらしいよ。津和野さんのもそうなんじゃない？」

紗良のイヤーカフを指さし、そう言った彼女は、杖を構えてくるりと回した。御神木が反応するように枝葉を揺らし、巨大な幹の一点が光り始める。

やがて、ドアの大きさの四角い光となり、萌絵は、じゃあまた、と言い残してその中に消えていった。

久しぶりにこんなに話したな。

そろそろ陽が傾きかけていて、もう帰り始めたほうがいいようだ。紗良は、今日の収穫はそこそこあることだしと、帰路に就く。

そういえば、この森には、神官のフィル以外は立ち入れないという話だったが、どうして萌絵は入れたのだろう。彼女が訪れる直前、破裂音のようなものが何度かしていたが、あれは関係あるだろうか。

「あるよね、きっと」

おそらく、強引に結界をぶち破って入って来た気がする。

加護の話を聞くに、紗良を守ってくれているのはきっと女神様なのだろう。その女神様が張った結界を抜けてくるなんて、力のある証拠ではないだろうか。つまり、この世界が萌絵を呼んだのは、正解だったということか。

聖女に向いている。

そう思う。彼女がそれを、喜ぶかどうかは分からないけれど。

河原に戻って、まだ陽が高いので、もう一仕事することにした。

採って来た無花果とりんごでジャムを作る。それぞれの果物と、同量の砂糖でひたすら煮るだけ。まだ残っていたレモンを絞り、魔法で火加減を調節しながら、形がなくなるまで火にかける。

いい匂いがする。

熱いうちに消毒した瓶に詰め、きっちり蓋をしてから、鍋に残った分を、パンでこそげて食べた。まだ甘味が尖《とが》っているけれど、だからこそそれが身体に染み渡って、元気になる気がする。

ヴィーがいないことにようやく気づいた。どこかに出かけたのだろう。いやそれとも、どこかに巣穴があるのかもしれない。こちらが別宅である可能性の方が高い気がする。

そろそろ陽も暮れる。

紗良は部屋に戻り、シャワーを浴びてから、パジャマ代わりの長袖ワンピースに膝までのカーディガンを羽織ってウッドデッキに出た。

ファイヤーピットに火を起こして、ぷしっとビールを開ける。

つまみは、冷蔵庫から出してきたチーズと、煎ったクルミ。

一本空けてから、思いついていそいそとカップラーメンを作る。萌絵の話に引きずられたのか、カレー味にしてしまった。残っていたチーズを投入し、溶けるのを待ってから、ずずっとすする。

今日という日は、きっと、折に触れて思い出す日になるだろう。この世界に二人だけしかいない、同じ世界の人と再会した日だ。それが良いことではないにしても、もうこの運命からは逃げられない。

見知らぬ星空を、彼女も見ているだろうか。

「勉強かぁ。私、しなくていいんだ……ヤバくない?」

物心ついてからずっとしてきたことを、しなくていいなんて！

それは悪くないなと思い、紗良は一人にっこりと微笑《ほほえ》んだ。

26

少し前に焼いて、日がたって硬くなったパンを、昨夜から卵液に漬けてある。牛乳と砂糖をたっぷり入れて、ジッパーバッグに空気を抜いて浸してあるので、中までしっかり吸っていた。

継ぎ足ししていた一回目のりんご酵母は、これで最後だった。今は二回目を仕込んでいるので、次回のパンは3日は先になりそうだ。

部屋からフライパンを持ち出そうとしたが、そういえば外にも調理道具を置くようにしたのだった、と思い直す。

朝の空気は、大分冷たい。

萌絵と再会してから1週間ばかり、紗良はひたすら森に入っては食べられそうなものを採っていた。

なんというのだろう、あれは。ランナーズハイという言葉があるけれど、それに似ている。

森ハイ？

森ハイだ。

青草の匂いから、落ち葉の匂いに変わっていく空気、かき分けるほどに新しい発見がある木々の間を抜け、時に小さな池を見つけたりなんかすると、とてつもなくテンションがあがる。

「さすがに今日はお休みにしよう……」

お供えの件もあるし、萌絵の差し入れもある。そもそも、リセットされる無限の食料があるのだから、あまり保存食に必死になる必要はないのだ。

かまどに火を入れ、フライパンをかけてバターをたっぷり落とす。塊の端からじゅわじゅわと溶けていくそこに、甘い液をたっぷり吸ったパンをトングで入れた。

いい音と、いい匂いがする。

じっくり両面焼いて、皿に二個、フードボウル改に二個ずつ取り出した。

粉砂糖とクルミ、はちみつをかけて、コンテナから摘んだミントを添える。

コンテナ内のハーブも、大分少なくなった。もうそろそろ、片付けてしまわなくてはならない。

四つあるコンテナのうち、ひとつはハーブ、ひとつはさつまいもが埋めてある。

残りのふたつは、森ハイで採取しまくった収穫物が入っていて、保存《ノヴァ》の魔法をかけてあった。つるで作った買い物カゴの形の仕切りがいくつかずつ入っている。それももう足りなくなりそうだ。

ヴィーが、タッタッタッと軽快にやって来た。

ぺろりとひとつ食べてしまったが、もうひとつに手を付ける前にぱっと空を見上げる。

紗良も、チェアに座って食べ始めようとしていたが、つられて空を見る。さっきまでいい天気だったのに、うっすら雲がかかっていた。

そういえば、今まで雨が降ったことがない。こちらへきて2か月以上経つから、これは相当におかしな話だ。

まさか、天候も操っているとか？

とりあえず、雨が降りそうなことは分かった。

フレンチトーストを食べながら、どうしようかな、と考える。

前々から、タープのような屋根をつけたいなとは思っていた。

けれど、ウッドデッキはとても広い。全体を覆えば暗くなるし、一部を覆っただけでは雨が吹き込んでしまい、屋根の意味をなさないだろう。何かいい案はないか。

グランピングのように、ウッドデッキを囲む大きなテントを張るのはどうか。

いやそれでは晴れの日にもテント内になってしまう。

雨が降ったら出し、晴れたらたたむ？

そんな面倒な話はない。

「やっぱり魔法よね」

マニュアルノートを開いてみたが、何も新しい記述はなかった。自分で考えなさい、ということだろう。

湯を沸かし、コーヒーを淹れて、パジャマとカーディガンのままクッションにもたれかかる。ひざ掛けも持って来た。

脇には、拾ってきた栗と、銃豆とインゲンの間みたいなさやのある豆と、大葉のような香草。今日はこれらの皮をむいたり筋をとったりして、下処理をするのだ。

と、さあとりかかろうというところで、ぽつりときた。やはり雨になる。後回しにはできないようだ。

とりあえず屋根をつけるかな。

しかし、マニュアルノートが教えてくれないのだから、紗良ならでは、みたいなアイディアを出したいものだ。

ヴィーはといえば、自分用のクッションを枕に、腹を出して寝ている。

鼻息で、ひげが揺れている。それを見て、ひらめいた。

エアカーテンだ。

大きなお店の入り口で、外気温を入れないために吹き下ろしているあれ。あれの強い版を、てっぺんからドーム状に張る。

試しにやってみると、頂点から360度に均等に風を吹かせるのが案外難しい。

そこで、上から吹き下ろすのではなく、頂点の少し下あたりから上に向かって一度吹き上げ、そこから周辺に下降していくようにした。噴水みたいなものだ。

と、丁度、ざっと雨が降ってきた。

しずくはエアカーテンに当たり、吹き飛ばされていく。ウッドデッキはどこも濡れることなく、どうやら上手くいったようだ。

良いアイディアだった。

自画自賛し、紗良はさっそく、今日の手仕事にとりかかった。

地面を叩く雨の音は、とても優しい。

コーヒーを紅茶に変え、やるべきことを全部終える頃、雨が止んだ。さあっと太陽が顔を出し、夕方の光がきらきらしている。

まるで新しい世界のようだ。

全てができたばかりのようにみずみずしく見える。

エアカーテンを取り払うと、途端に、雨の匂いがする。しかしそれも、すぐに暖かな光に取って代わられた。

紗良は、スマホを取り出した。

萌絵とのトークルームを作った時に、一番上に来ていたのは、『家族』と名前の付いた部屋だ。

今は二番目になったそれを、そっと開く。この世界に来た日に助けを求めた紗良のメッセージは、まだ未読のままだ。そこから少し遡る。

『紗良の新しい自転車、何色？』

『黄色！』

『いいじゃん』

『防犯ロックつけた？』

『お父さんがつけました。警察にもお父さんが行きました』

『大怪我しなくて良かったね』

いくつかのスタンプの応酬。それが、最後のやりとりだ。

頭の中、家族の声で再生する。

異世界に来て、初めてのことだ。

アプリを閉じて、写真を開く。懐かしくさえある友達、家族、そして日本の景色が流れていく。

もう二度と会えない。

ぽたぽたと膝にこぼれる涙が、全てを滲《にじ》ませた。

きっと、家族も泣いている。

どうか、みんなが私を忘れませんように。

そして、それでも、忙しい毎日の中で、いつか私が思い出になりますように。

何がなんだか分からなかった異世界転移の理由が、ようやく判明した。

そして今日から、その上で、紗良は新しい世界で生きていく。悲しくて寂しくて泣くのは、最初で最後だと決めた。

だからこそ、紗良は萌絵を許す。

毎日バイトにあけくれていた彼女と、自分の境遇との違いが誰のせいでもないように、この現状も誰かの悪意ではない。

魔物がいる世界を、人が平和に暮らせるようにするために萌絵が必要だったのならば、呼ぼうとするのは当然だ。この森の恵みをせめて得ようとしたフィルとその街の人々のように。

どすん、と重い音がして、紗良は目を上げた。

1mばかり離れたところに、ヴィーが背中を向けて寝転んでいる。どうやら、テーブルの向こうからわざわざやって来たらしい。手の届かない距離だけれど、その少しふさふさしたしっぽは、紗良の膝に届いている。

ちょっと触ってみると、手の中でぶるぶる揺れた。なかなかの毛並みである。

紗良は、そのふさふさを、しばらくの間、熱心に撫でつけた。

紗良のお腹がぐうと鳴った。

もう夜がくる。

ヴィーのしっぽを放し、立ち上がって、部屋へと入った。

取り出したのは、母のレシピ本だ。表紙にはいないけれど、ワンポイントアドバイスの吹き出しを添えた母の顔が、あちこちのページにいる。

さて、どれにしよう。

紗良の涙が一滴だけこぼれ、ページに染みを作った。

『もやしと豚バラのごま豆乳スープ』と書いてある。

「これにしましょう」

なんだか意識高そうなメニューだけれど、少なくとも、胃に優しいに違いない。

きっと、心にも優しい。

そしてきっときっと――ヴィーは物足りないだろうな。
フードボウル改の前で、スープが冷めるまでじっと待っているでっかい魔物を思い浮かべて、紗良は笑った。

27

それから数日後、スマホが短く通知を鳴らした。聞きなれない音だったので、萌絵ではないだろう。確認すると、やはり、地図アプリのほうだった。

赤い点がゆっくり移動していて、フィルだと分かる。

実は、紗良の青い点と彼の赤い点以外にも、ふたつ、点滅しているものがある。

ひとつは黄色い点。これは、ヴィーの居場所。

もうひとつ、地図をものすごく縮小すると、空白のエリアの遠い場所に、紫の点がある。おそらく、王都にいるという萌絵だろう。

こんな遠くからどうやって来たのか?

聖女の魔法というのは、それだけきっとすごいに違いない。

遭難用おにぎりを握っている間に、フィルの位置が、どんどん御神木に近づいている。紗良もそろそろ出たほうがいいだろう。

今日はさすがに寒い。しゃかしゃかブルゾンでは薄すぎる。ダウンはひっかけたらおしまいだし、ボアもキルティングも実用的ではない。というか実用的なコートなどない。

仕方なく、前がしっかり閉まるダッフルコートを着て、ザックを背負う。

致命的に合わないが、誰に見せるわけでもないのでいいだろう。

「ちょっと行ってくるねー」

川べりから対岸を眺めているヴィーに声をかけ、森へ入った。

「紗良様。お待ちしておりました」

「早いですね、バイツェルさん。森に入ってからここまで、もっとかかりそうだと思ったのに」

「はい、急ぎました」

そうか、急いだのか。

納得して、ザックを降ろす。

フィルも背中のカゴを地面に置いているが、その姿はやはり以前と同じローブ姿だ。

「寒くないんですか？」

「はい、石を魔法で温め、懐に入れておりますので」

時代劇で見たことがあるぞ。

見せてもらうと、確かに、ただの石がちゃんと暖かい。

「私、さつまいものつるを持って帰るので、食べられる方、持って帰って下さいね」

「はい、ありがとうございます？」

「……？」

「…………」

「あ！　そうか、さつまいもじゃないです、これです、これ」

足元のつるを引き抜くと、また少し太ったさつまいもが出てきた。

「アノームですね。美味しい季節です」

「はい、ご飯と炊いてもいいいし、おやつにもなりますよね」

「あ、五本ほどで大丈夫です」

「え、少なくないです？」

フィルは、何かを思い出したように、くすりと笑った。

「実は、前回下げ渡していただいたものを持ち帰りましたところ、領主様が大変に喜びまして」

「それは良かった」

「もっと沢山持ってこられないのかと」

「はいはい、分かります」

「そうしましたらね、その途端、残りが全て朽ちてしまったのです」

「なにそのイソップ物語みたいなオチ」

「おや、異界にもお話を使った教訓があるのですね。

そうなのですよ、欲をかくとこうなるぞ、という、女神様の警告です」

紗良は肯く。

確かに、癒しの食べ物なんて、持ち出す量が多ければ産業にもなりそうだ。かといって、儲けが出たりするのもおかしな話だし、紗良としてもそんな義理はない。

間に立つフィルも困っただろう。

「ですので、初回と同じくらいの量が適正ということでしょう」

「栗二十個と、さつまいもも五本。確かに同じくらいかも」

さつまいもをフィルに渡し、紗良の方は、つるとそれから受け取ったお供物をザックにしまう。

その時だ。紗良のスマホが、とてつもない音を立てた。緊急アラートのような音で、二人とも驚いて立ち尽くす。

「え、なに？」

そう言った途端に、思い当たる。

ヴィーではないか？

フィルとともに、ヴィーにも安全装置的魔法をかけてある。といっても、危険に陥《おちい》らなければ分からない魔法だ。

ということは。

「なんてこと！」

「紗良様！　どうなさいました!?」

「分かりませんけど、ヴィーが危険かも！」

「ヴィーとは？　あの魔物ですか？」

「うん、はい、ああ、私、行かなくちゃ」

スマホを取り出し、位置情報を確認する。どうもウッドデッキのあたりにいるように見える。あの場所で襲われたのか。

「アテルグランスが危険……そんなことが……？」

「すみません、今日はこれで！」

「お待ちくださいい、なれば、非常に危険な魔物がいる可能性があります。微力ながら、私も助太刀いたします、お連れ下さい！」

紗良が走り出しながら肯くと、彼はすぐさま後ろについた。

【戦士】のレベルはじりじりとしか上がっていないが、以前の紗良とはスピードが段違いだ。藪で顔が切れるのも構わず、全力で走る。

前方が開け、川の音がする。

「ヴィー！」

ざざっ、と土煙がたつ勢いで河原に飛び出すと、周囲を見回す。

そして発見した。

ウッドデッキで、専用クッションに頭をのせて、腹を出している黒いでっかい魔物。

いつもの光景だった。

「……あれれぇ？」

頭脳は大人の子どもキャラみたいな声が出た。紗良のほうは、身体は大人で、思考力が子ども並みに落ちている。

どういうことだ？

「紗良様」

フィルが、いつの間にか手にしていたらしい剣をマントの中に収めながら、声をかけてくる。

はっとする。

「あっ、ごめんなさい、ごめんなさい、私、勘違いだったみたいで！」

「いいえ、おそらくそうではございませんよ」

紗良を落ち着かせようとするような柔らかい顔で、フィルが川べりを指さしている。

何かあるな、確かに。

一歩、二歩と、正体が分かるまでその物体に近づくと、近づくたびにサイズ感が大きくなっていく。

最終的に、象くらいの茶色い塊になる。

「え？　なにこれ、でっかい」

「ブルヴィアインクですね。魔物です」

「死んでるんですか？」

「ええ、傷跡からいって、あなたのアテルグランスが倒したようです」

そういえば、出かけるとき、川向こうを随分気にしていた。対岸から来たのだろう。

「ああ、そうなんだ。おかしいな、怪我とかしないと分からないはずだったんだけど。あれからレベルが上がったから、魔法もレベルアップしたのかな。危険を感知すると教えてくれるのかも。

ということは、良かったですね、バイツェルさんも、怪我する前にお手伝いにかけつけられるかもしれません」

「ありがたいことです」

にこにこしているフィルは、ぺこりと頭を下げた。

紗良のほうは、我に返って、死んでいる魔物をじっくり観察する。

「困ったな。これ、どうしよう」

「魔物の処理ですか？」

「はい。食べられるのかな？」

「うーん……まだやめておいたほうが……」

「そうですか？　じゃあどうしよう、川に流してみようかな」

するとヴィーが近づいてきて、歯をむいた。

「え、駄目なの？　だってどうするのこれ？　困るよ？」

「ヴィー様が食べるのでは？」

当たり前のように言われ、びっくりする。

「えっ、そうなの？」

ヴィーは、ゆっくり目を閉じた。肯定の意味だろうか。

「めちゃでっかいけど、腐らないの？　何日かけるの？　虫とかこない？」

「あの、おそらく1日か2日で食べてしまうと思いますよ」

「そんな訳ないですよ、だって、いつもこの子、私の倍量くらいしか食べないですよ？」

「それは……どこかで別に食事をしているのでしょう」

紗良は、まじまじとヴィーを見た。

見れば見るほどでっかい。

よくよく考えたら、紗良がたまに与える量の食事で、この身体を維持できるわけがない。なんで今まで気づかなかったんだろう。

「そっかぁ、あんた、餌が取れないわけじゃないんだね？

ただ……おやつを食べに来てるんだね……」

ヴィーは、ぐっと伸びをすると、そのまま自分よりも大きな獲物をくわえて、引きずりながら森の方へ入っていく。

そしてすぐに出てくると、軽快な足取りでウッドデッキに上がり、フードボウル改を前脚でぼこんぼこんと揺らし始めた。

「紗良様の目の届かない所に置いてきたのですね」

「取らないよ？」

「食事風景を見せない配慮でしょう」

「そうかな、取られないように隠したと思うんだけどな……」

なんにせよ、ヴィーはおやつの時間らしい。

「なんか作りますね。あ、良かったらバイツェルさんもどうぞ」

紗良は、やれやれとザックを降ろしながら言った。

28

「ああっ、ちょっとなんか血がついてる！　ヴィー！」

ウッドデッキは、土汚れと一緒にかすかに血のしみがある。よく見ると、ヴィーの毛皮も薄汚れていた。

当人は、フードボウルを鳴らすのをやめ、上目づかいでこちらを見ている。

「その脚でクッションに乗らないでね？

あ、バイツェルさんもどうぞ、靴脱いで上がって下さい」

「履物を？」

「はい、お願いします」

戸惑いつつも靴を脱いでウッドデッキに乗った彼は、そのましゃがみこんで床板を撫でたりしている。

「あったかくしてます。あとすみません、まとめて綺麗にしていいですか？」

「あたたかく……」

呟いているフィルと、床全体とクッションと、上目遣いのヴィーと自分、全部まとめて浄化《ルクス》をかける。泡の弾ける感覚とともに、汚れが全て掃き出される。これで安心だ。

何を作ろうか。簡単に作れるものがいいだろう。

そう考え、紗良は部屋から三食入りの焼きそばと、冷凍庫から下ごしらえ済みのイカとエビを出す。思いついて、じゃがいもを六個ばかり部屋のシンクで洗い、ラップで包んでレンジにかけておいた。

それから、野菜類と共に外に出て、かまどに火を入れる。

鉄のフライパンにごま油をひき、そこに四角く固まったままの麺を並べる。焦げ目がつくまで、動かしてはならない。野菜を切ったら、麺をひっくり返す。いい色だ。

少し酒を入れ、ほぐしてから、また触らずに置く。

もうひとつのフライパンで具材を炒め、焼き目のついた麺と合わせて、オイスターソースとみりん、塩コショウで味をみて、うーんと唸ってから醤油を足す。

これでよし。

部屋に戻ると、レンジが止まっていた。

冷蔵庫のバター、それからアンチョビの缶詰とともにかまどに戻る。

焼きそばを三等分。

熱さに耐えながらじゃがいものラップを外して包丁で割り、そこにバターとアンチョビをちょいとのせた。

やばい、これはビールでは？

陽はまだ高い。しかし、だからなんだと言うのだろう。いつ飲んだって、誰も何も困ることはないのだ。

「バイツェルさん、ビール飲みますか？

あ、そこのシンクで手、洗ってくださいね、ハンドソープ使ってくださいね」

部屋へと戻りがてらそう尋ねる。

答えはなく、怪訝に思って振り向くと、彼はじっと何かを見つめていた。

その視線の先をたどる。

我が家のドアがあった。

「…………」

「…………」

「……あんまり日常で忘れてました。変ですよね」

フィルは、はっとしたように紗良を見て、目をまたたく。

「ええ、まあ、その、変ですね。

しかし、女神様の加護がある界渡り様という時点で、精霊にも等しい稀有《けう》なお方なのです。見慣れぬ扉に入っては消えていくくらい、どうということはないのです」

そう言いながらも、フィルはドアを凝視している。

「あれ、私が向こうで住んでいた部屋なんです。私、部屋ごとこっちに来たんですよね。だからまだ生きてるっていうか」

「なるほど。紗良様がご無事で、本当になによりですよ」

「あそこには私しか入れないみたいなので、いざとなったら籠城もできますしね」

どうやらちょっと入ってみたかったらしい。隠してはいるが、がっかりした風のフィルに、部屋からとってきたビールを渡す。そして、取り分けた食事を勧める。

「いただきます」

「ご相伴《しょうばん》に与《あずか》らせていただきます」

紗良は箸で、フィルにはフォークを渡しておいた。

食べ方が綺麗だな、と思う。きっとご両親の躾が良いのだろう。

缶を物珍しそうに触っているので、開け方を教える。

「アルコールです。飲めますか?」

「ええ、たしなむ程度に」

プルトップを引くと、いつものいい音がした。紗良は海鮮焼きそばの濃い味を、ビールで一気に流す。

「美味しいです。紗良様は料理もお上手なのですね」

「いえ、普通ですよ。でも、苦ではないです」

じゃがいもの皮を、箸でつまんでつるっとむいた。ヴィーはといえば、まるごと口に詰め込んでいる。

じゃがいもはのどに詰まるのに。

案の定、飲み込むのに目を白黒させている。

紗良は、流水《フルクツ》で出した水を、萌絵の真似をして玉にした。

ヴィーに向かって飛ばすと、心得たようにばくんと飲み込む。

そしてまた、じゃがいもをまるごとひとつ。

「学ばない魔物ね、あんたってば」

うぐうぐいっている口元に、もう一度水球を飛ばしておく。

「そういえば、街のほうは大丈夫ですか？　バイツェルさんの戻りを待ってるんじゃないですか？」

「紗良様が厨《くりや》にお立ちの間に、伝言用の鳥を飛ばしておきましたので、問題ありませんよ」

「へえ、そんなものが。

　でも、なら良かったです、私の勘違いでここまで連れてきちゃって……」

「おかげで未知の食べ物にありついていますからね、逆に役得でしょう」

「焼きそば、ないですか、こっちに」

「似たようなものはあります。それよりもこの芋ですね、このように甘い品種はありません」

紗良は、なるほど、と肯く。

この黄味の強いじゃがいもは、日本でもここ10年ばかりで拡大してきたもので、故郷以外にはあまり広がってさえいない。母親が送ってくれるから食べられるようなものだ。

「種芋として多少、差し上げることはできますよ？」

そう言うと、フィルは少し考えこむ。

「うーん……いえ、そうですね……。

ありがたいご提案ですが、少し考えたいと思います。色んな影響が考えられますから」

「そうですね、流通するにたえる量がとれるかも分かりませんし、そうなると変な輩《やから》が寄ってこないとも限りませんしね」

はい、とフィルは肯き、にっこり笑う。

うふふ、と笑い返しながら、この人は本当によく笑う人だな、と紗良は思う。

紗良が恵みをもたらす役割だから愛想がいいのか、それとも、こういう人柄なのだろうか。女神様が森に入れてもいいと考えたのだから、後者なのかもしれない。

少し寒くなってきた。

紗良は、ファイヤーピットにたき火を起こし、ついでに、晴れてはいるがエアカーテンを展開した。これで、暖かさがカーテンの中にとどまり、凍えずに済む。

「どのように暮らしておられるのか、少々心配しておりましたが、健康に害のない快適なご様子で安心しました」

「えっ、心配してくれたんですか」

「加護はあるでしょうが、若いお嬢さんでもありますし」

紗良は、思わず微笑んだ。

「誰も知らない世界で、誰かに心配されるのは、ちょっと嬉しいですねえ」

「やはりこちらにお知り合いはおられない？」

「いえ、正確には一人、同郷の友人が同じように呼ばれていますよ。

でもまあ、お互いに心配するような間柄じゃないので」

なにせあちらは聖女だし、こちらは現代マンションの一室をねぐらにしている魔力持ちだ。お互いに心配などない。

焼きそばを食べ、じゃがいものアンチョビバターのせを二個ずつ食べ、ビールを空ける頃には、辺りは少し暗くなってきた。

「わあ、大変、陽が暮れる前に帰りましょう。送りますね」

「いえいえ、とんでもない、戻りが暗くなってしまいますよ。私は一人で大丈夫なので」

「でも、私がいれば、悪い奴は寄ってこないんです。前も言いましたね、これ」

「はい、伺っておりますよ」

「だから安全なので」

「足元の悪さは、寄ってこないもののなかに含まれませんよ。転んでお怪我でもされたら大変です」

でもなあ。

紗良は、頑《かたく》なこの紳士ぶりに、送っていくのは難しいなと思いはするものの、一人放置するのも嫌だなあとも思う。

魔物も、それから普通の野生動物も、どちらも恐ろしい。

「あ、じゃあ、間をとって、ヴィーについてってもらいましょう！」

「えっ」

「ねえヴィー、この人、送ってきてよ。安全に。

ちょっと、寝ないで。今度好きなもの作ってあげるから。

しょうが焼き？　おにぎり？　違うの？」

あれもこれもだめだ。

「あ、今まで作ったことのない美味しいものは？」

思いついて最後に提案すると、ヴィーはすっと立ち上がった。

思考がSNS女子、と思いながら、ありがとねと言っておく。

「え、あの、いえ、そこまでしていただかなくても」

「いえいえ、バイツェルさんが怪我でもして来られなくなったら、多分色々と困るので」

「そうですか……」

なんだか遠慮しているフィルになんとかヴィーの警護を受け入れてもらい、ではまた、と送り出す。

紗良がいつも通る草地ではなく、藪をかき分ける方向に行った気がするが、ヴィーなりの近道なのだろうとそのまま見送った。

毛皮に枯草をいっぱいにつけたヴィーが帰って来たのは、それからほんの十数分後だった。

随分早いね、と驚く紗良だったが、魔物は我関せずの顔で、いつものクッションにごろりと横になった。

スマホの警報は鳴っていないので、フィルは無事なのだろう。

紗良は、よかったよかった、と思いながら、ヴィーに浄化《ルクス》をかけた。

29

数日後、SNSアプリが通知を鳴らした。
『今日の夜、行ってもいいかな？』
萌絵からだった。
『いいよ、ずっといるから何時でも』
『じゃあ19時くらいに行くね
津和野さんの近くに扉を開くから、迎えもいらないです』
了解、のスタンプを送る。
さて、ということは、今日はカレーだ。
あ、と気づいてまたスマホを手に取る。
『佐々木さんちって、何カレー？
うちいま、豚（みたいなもの）と鶏（みたいなもの）の肉しかないんだ』
『実家はだいたいビーフカレーだけど、ないならなんでも大丈夫
みたいなもの、って何……？』
『じゃあチキンカレーにするね
なんとかって名前のこっちの動物だけど、だいたい鶏だから問題ないよ』
『う、うん、ありがとう』

紗良はフライパンを火にかけた。

薄切りにした玉ねぎを、サラダオイルとバターでじっくり炒める。天国に一番近い匂いはこれだと思う。

あめ色になったら、にんにくを追加し、さらにじゃがいもと人参をくわえて油がまわるまで軽く火を通す。そこに手羽元を並べて入れ、上からカットトマト缶を入れた。

蓋をして、しばらく放置だ。

頃合いを見て蓋を開ける。野菜の水分で、鍋の7割ほどが埋まっていた。

そこに、この間作ったばかりの無花果のジャムをひとさじ。

あとは、市販のカレールーを溶かして、蓋をしてまた放置する。

普通のカレーがいい、と萌絵が言ったので、これ以上は手を加えない。

カレーオブカレーの匂いを嗅ぎながら、夜を待つ。

萌絵が来るよりも先に、ヴィーがフードボウル改をがこがこ鳴らし始めた。

この間、フィルを送ってもらったこともあり、この魔物の優先順位は高い。

紗良は、炊飯器からこんもりごはんを盛り、カレーもたっぷりかけて、ウッドデッキに置いた。

とはいえ、萌絵もそろそろ来るだろう。ファイヤーピットに火を入れ、少し暖めておこう。

紗良は再びキッチンに立ち、キャベツをちぎって、魔法で出した氷といっしょに水に放っておいた。

その間に、ブロッコリーとなすを一口大に切って、素揚げしておく。

その時、盛大な破裂音とともに、すっかり暗くなった河原を浮かび上がらせるような強い光が現れた。

紗良の部屋のドアの横、全く同じサイズで、四角く切り取られた光だ。

「こんばんは」

「いらっしゃい佐々木さん」

彼女の後ろから、大きなカゴがふわふわとついてくる。

全体が河原に現れると同時に、背後のドアが消えた。

また結界を無理矢理破ったのではないか？

大丈夫かな。

紗良の心配をよそに、萌絵は今日もひらひらした異世界の恰好で平気そうな顔だ。

「うわぁ、素敵、キャンプ場みたい。作ったの？」

「うん、そう」

「ウッドデッキだ！」

「……あっ」

嬉しそうに走り寄った萌絵が、段差に躓いて転んだ。辺りは暗く、ウッドデッキは濃い茶色をしていて、境目が分からなかったのだろう。

「……痛い」

「大丈夫？」

「うん……平気……だって聖女だもん……」

萌絵は、少し落ち込んだ顔で、自分のすりむいたすねを魔法で癒している。

「カレーの匂いがするね」

「うん、もう食べる?」

「食べる。あと、この辺ちょっと改造してもいい?」

「いいよ。あがるとき靴ぬいでね」

紗良が、冷やしておいたキャベツに、塩とごま油とすりおろしにんにくを混ぜている間に、萌絵はウッドデッキの周囲にぐるりとほのかな光を灯《とも》した。オレンジ色の電球みたいな色で、まぶしくない程度に周囲が明るくなった。

ついでのように、頭上にもランタンみたいな灯りを設置する。

紗良はエアカーテンをはり、万が一にも虫が寄ってこないようにした。

そういえば、虫に悩まされたことがないな、とふと思う。

もちろん、女神様の采配だろう。もしわんさと虫がいる環境だったら、今でも部屋から一歩も出ていないかもしれない。

お皿を二枚、ごはんとカレーを盛りつけ、素揚げした野菜を添えると、萌絵がローテーブルに運んでくれた。

スプーンと箸と、キャベツを山盛りにしたガラスボウルをそのまま、これは紗良が運ぶ。

「何飲む? えっと、ビールと安ワイン、あと街の人にもらった酸っぱいワイン。無糖の炭酸水と牛乳とオレンジジュース」

「最後まで聞いておいてなんだけど、ビールにする。日本のでしょう?」

紗良は、部屋の冷蔵庫から缶ビールを出してきて、テーブルについた。

「いただきます」

「召し上がれ」

カレー、カレー、ビール。

カレー、キャベツ、カレー。

「ああああ美味しいいいいいいいい！」

「それはなにより」

「ねえ、素揚げしたブロッコリーってヤバいね」

「でしょう？」

「ビールすごい美味しい、なにこれ。これがリセットされるですって……？　神よ……」

萌絵はカレーをおかわりし、途中でこちらもおかわりにやって来たヴィーにびくびくしながらも、食べ終わるまで帰るつもりはなさそうだった。

「魔物もカレー食べるんだ」

「魔物って分かるの？」

「うん。なんとなく？」

「すごいね。私、黒ヒョウだと思ってた」

「いやでっかいじゃん」

「でもほら。故郷の熊くらいだし」

「でっかい育ちしてんなぁ！」

萌絵は、カレーを食べ終わった後も、ビールも二本目を開け、キャベツと交互にやっている。

「ごめん、すっかりカレーのことしか考えられなくなってた。

魚持って来たから。あれ」

指さされたのは、さっき萌絵の後ろで浮いていた大きなカゴだ。それが、ふわりとこちらへ飛んでくる。紗良の横に着地したので、中身を覗き込む。

「あっ、白菜、すごい」

「白菜じゃないわよ、えーと……」

「……」

「白菜でいいわ」

「大根もある！」

「大根じゃ……ううん、いえ、それは大根よ」

何種類かの野菜は、この時季が旬のものばかりだ。

「やっぱり農業自体は栄えてるんだね」

「第一次産業のなかでも、この大陸はやっぱり農業だね。王都自体が海の近くじゃないこともあるし、造船があまり発展してないから。遺伝子操作ほどじゃないけど、優良な種同士を掛け合わせることくらいはやってるみたい」

「ちょっと小ぶりで硬いけど、向こうの白菜と遜色ないもんね。鍋ができるね、鍋」

ごそごそと奥を探ってみると、驚いたことに、切り身になった魚が出てきた。

「うーん、これは、鮭だ」

「うん、鮭だ、それは鮭」

「切り身にしてくれたんだ」

「捌けるの、鮭？」

「やろうと思えばできると思う。【調理】スキルがあるし」

「そっか。まるのままのほうが色々心配なくていいし、次からそうしようか。

今日のもそうだけど、私が一応、鑑定して浄化《ルクス》もしてるから、新鮮だし安全だよ。保存《ノヴァ》もかけてあるから、沢山あるけどゆっくり食べてよ」

「助かる。この世界の流通がどんなものか分かってないから」

萌絵はぐびっとビールをあおり、それからうなりをあげた。

「移動はね、馬車よ！　馬車！　あの、お尻の痛くなる、恐ろしい乗り物……！」

「わあ。だよね。だって神官の人でさえ、ごわごわしたローブだったし」

「いえ、さすがに王都の神官はもっとつるっとしたローブよ。この辺は大陸のはしっこだし、あまり予算もまわらないいんじゃないかな」

ぽりぽりとキャベツをかじっている、つるっとしたドレスの聖女に、部屋から持って来たスナック菓子と、煎ったクルミを出す。大騒ぎしながらお菓子を食べる萌絵は、なんだかちょっと涙ぐんでいる。

「くそー、やっぱりいいなぁ、日本。文明万歳だよ」

「だよね。王都ってどんな感じ？」

「んー、日常生きるだけなら、快適だよ。だって魔法があるから。私はね。嫌な人もいないし、困ることもないよ。だって聖女だもん。私はね」

紗良の異世界の情報源は、この森と、フィルしかない。

ローブに剣を携え、森に徒歩で入る彼のことを考えれば、萌絵の言うこともそれなりに意味をおびてくる。

聖女は困らない。

でもきっと、普通の人たちは、色々と困りごとが多いのだろう。

「津和野さん、ずっとここにいるって決めたわけじゃないでしょ？」

紗良はびっくりした。

「え、どうして？　私はここにいるよ？」

萌絵は、変な顔をした。それは少し、大学時代のことを思わせる。

「それってだって、津和野さんが決めた訳じゃないじゃない。ここにいるって決めたんじゃないでしょ、ここから出ないことにしただけだよね？」

責めるでも諭すでもない、ごく普通の調子で言われ、しばらくの間その言葉を咀嚼《そしゃく》した。

そして、じわじわと、理解する。

「ほんとだね！」

びっくりした顔をする紗良に、萌絵はまた、変な顔をした。

30

つまりそれは、選択の問題だと紗良は思う。

この場所を選んだのではなく、他を拒否しただけ。

萌絵が言いたいのは、そういうことだ。

「私、森を出たほうが良かったかな?」

萌絵は、今度こそあからさまに嫌な顔をした。

え、舌打ちしなかった、今?

「なんで私に聞くの。そんなの聞いてどうするの」

「これからの人生の参考に」

「だめだめそんなの!」

「だってずっとそうだったもの。家族とか友達とかが色々教えてくれたし」

「今まで、自分で決めたことって何があるの?」

紗良は、考えた。

小さな決断はいくつもあった、ような、気がする。けれどたぶん、萌絵が聞きたいのはそういうことではないのだろう。

「あ、学部は自分で決めた」

「え、すごいじゃん」

「自由に決めていいって言われたから」

「微妙じゃん……」

慌てて首を振る。

「誰も決めてくれなかったから自分で決めた訳じゃないよ!

ほんとだよ、小さい頃から学校の先生になりたかったし!」

「ほんとぉ？」

「ほんと！」

急に、萌絵がテーブルに突っ伏した。そして、唸っている。

「お腹痛い？」

「違います。自己嫌悪」

「なんで」

「この世界に無理やり連れてきたの私なのに、何を偉そうに決断を迫っているのかと思いました。私は馬鹿です。罵《ののし》ってほしい」

「いやいやいや、そのことはもういいよ、私、わりと楽しくやってるよ」

ちらっと目を上げた萌絵は、紗良の表情を窺っている。

ことさら真面目な顔を作ると、彼女はのろのろと顔をあげた。

「横から見てると、津和野さんのそういうところ、いい子ちゃんみたいでイライラしてた」

「口に出しては駄目よ!?」

「でも、当事者になってみると、優しさしか感じない。

私、本当に聖女かな？

こんな自分勝手な性格してて、聖女なんておかしくない？」

「さあ……聖女が何か分かんないし」

素直にそう言うと、萌絵はちょっと目を見開いた。

少し経って、急に、笑い出す。

「やっぱり私、駄目だな！　思い込みっていうか……狭い世界で生きてた」

「私もだよ」

「ふふっ、だよね。

……今、弱音を吐いた後、津和野さんなら慰めてくれるって思ってた。そんなことないよ聖女向いてるよって、言うんじゃないかなって」

あれ、言わなかったかな。

言ってないかもしれない。

「ますます罪悪感すごいけど、半面さ、異世界に一緒に呼ばれる相棒としては当たりだなって思っちゃったごめん」

「元々聖女様のために呼ばれたんだから、それでいいんじゃないかな」

ふう、と息をついた萌絵は、お菓子のクズを膝から払いながら立ち上がった。こぼれおちたクズは、魔法でどこかへ飛んでいく。

「洗うね」

「ありがとう」

と言っても、カレー皿とガラスボウル、あとはスプーンと箸だけだ。

靴を履いて、二人でシンクに並び、萌絵が洗って、紗良が拭く。

紗良が水瓶から湧かせた水が、いつのまにかお湯になっている。どうやら萌絵がやっているらしい。

「お湯を出してるの？」

「ううん、水魔法に火魔法を重ねてる。組み合わせ魔法はまだなの？」

「うん、マニュアルには載ってない。組み合わせかぁ、なるほど」

流水《フルクツ》と保温《カリダ》の組み合わせだろう。あとでやってみよう、と紗良は心に留めておくことにした。

「よし終わり。じゃあ帰るね。

えっと……また来てもいい？」

「いいよー、次は何食べたい？」

「うーん、甘いものかな」

「おっけー」

萌絵は、光の扉を開き、じゃあまた、と帰って行った。

「決断力かぁ」

自分の人生に一番欠けていたものを、こちらに来て初めて自覚した。

そのことに気づかない人生より、気づけた人生で良かったと思う。

明日は何をしよう。それを決められるのは、今、自分だけだ。


海を見に行ってみよう。

朝起きて、2日目のカレーを食べてから、そう考えた。

もちろん、海に着くかどうかも分からない。どのくらい遠いか、いやそれどころか川下に海があるのかどうかも分からない。それでも、雪が降る前に試してみるべきだろう。

皿を洗うとき、組み合わせ魔法を試してみた。まず水を出し、それをお湯に変える。萌絵はいきなりお湯を出したように見えたが、練習の成果だろうか。

ウッドデッキに戻ると、マニュアルノートがぱらりと開く。

＊＊＊＊＊＊＊＊＊＊＊＊＊＊＊＊＊＊＊＊＊＊＊＊＊＊＊

〈森を出るということ〉

いくつかのスキルは十分に上がったといえるでしょう！

気をつけさえすれば、森を出るレベルに達しています。

ただし、外で夜を明かすには、まだまだ危険があります。

また、外ではリセットが働きません。

外出は計画的に行いましょう。

転移魔法は、【賢者】スキルのひとつです！

【賢者】のレベルをどんどんあげましょう。

＊＊＊＊＊＊＊＊＊＊＊＊＊＊＊＊＊＊＊＊＊＊＊＊＊＊＊

ふむ。

紗良は、つまるところ、海を目指すのはまだ早いのだな、と思う。

1日では到着しないよ、でも転移魔法の習得にはまだレベル不足だよ、と言いたいのだろう。

萌絵が使っている、あの光のドアは、転移魔法だろうか。王都はとても遠く、そこから一瞬で来ているのだから、きっとそうだろう。

その時、スマホが通知を鳴らした。見ると、地図アプリに通知バッジがついている。開くと、なんと、森以外のエリアが表示されている。全てではないが、かなり広い部分が分かるようになった。

それによると、海はやはりあった。紗良が今いるところから、川に沿って下った場所だ。

支流はいくつかあるが、この目の前の川が本流で、ほかは合流してきているように思う。

「川を渡らないとだめかぁ」

そう、つまりはそれら支流を越えないと、海にはつかないということだ。

距離は、おおよそ20kmというところ。

1日かければ行くことはできるが、帰っては来られない。

マニュアルノートの言い分は正しかった。

「でも……決めたのに」

せっかく、決めたけれど。

危ないと分かっていて決行するのは、愚の骨頂だ。自分の気持ちを大事にするために、誰かの忠告を無視していいということにはならない。

でも——。

「ちょっとだけ見に行こう！」

紗良は立ち上がり、部屋に戻って、遭難セットを作った。恰好は、ダッフルにジーンズ、ブーツと、いつもの森コーデだ。本当の森ガールだ。

最初の支流まで、ほんの3kmほど。難しい往復ではない。

地図を拡大しても民家がなかったことから、ここより南は人の出入りがないのだろう。

よく考えたら、立ち入り禁止の森を通らずにこの先には行けない。人と会う可能性はないといっていい。

要するに、紗良は、新しい場所に行ってみたいのだ。

元々旅行は好きだ。知らない場所をうろうろするのも好きだ。

この世界では、その趣味はちょっと危険だけれど、せっかく身に着けた魔法がそれを補ってくれるだろう。

「ちょっと行ってくるねー」

ちなみに、ヴィーはいない。

近くにも見当たらないが、とりあえず、森に向かって叫んでおいた。なんとなく、ヴィーなら聞き取ってくれる気がしたからだ。

ザックを背負い、川岸に出た。

さて。

では行ってみよう。

31

朝方のひんやりとした空気は、太陽によってだいぶ緩んでいる。

ここに来たのは夏。

秋を経て、すでに冬の入り口だとは思うが、予想よりも気温は下がらない。

紗良の予想は、おおよそ、生まれ育った故郷と、進学先の関東圏を基準にしている。とすれば、もっと南の地域を想定しておくほうがいいのだろうか。

川岸は、ウッドデッキ付近から見える範囲では石ころだらけだった。

歩き始め、最初のカーブを曲がったあたりから、少し草が深くなってくる。膝丈の草地をかきわけていると、安全地帯《パルサス》が発動している感覚が何度もあった。

「蛇とかかな……」

全く何もないよりは、安全地帯《パルサス》がちゃんと機能していることが確認できていい気がする。なにしろ、足元が見えない中を進むのは、ちょっと怖いものだ。

実のところ、景色はあまり変わらないように思う。右手に川、草地を挟んで、左手に森。それでも、面白いもので、見慣れた森とは形が違って見える。新しさを感じる。

さらに進むと、森の入り口あたりでガサガサと音がした。

はっとして見ると、数頭の動物が見えた。

鹿に似ている。目の位置から考えて、草食動物だろう。つぶらな瞳が、紗良をじっと見ている。

可愛いな、と思っていると、彼らは少しずつこちらへ近づいてきた。

頭を上げたり下げたりしながら、観察しているようだ。

動かずにいると、とうとう紗良のすぐ近くにやって来て、服の袖などを嗅いでいる。

リセットされているから臭くないはずだ、きっと。

一体、嗅いだ結果がどうだったというのか、彼らはすぐに興味を失くしたようにふっと立ち去ってしまった。

「不合格……？」

なんとなく振られた気分で先に進む。

【戦士】スキルのおかげで、3㎞をさほど疲れずに歩ききることができた。

しかし、足元が悪かったこともあり、40～50分かかっている。。

目的地である支流は、思ったよりは狭く、川幅は3m程度だ。ただ、本流がカーブの内側であるせいか、水勢は結構強い。合流地点はどちらも川岸が深く切れ込んでいて、足を滑らせたら引きずり込まれそうだ。

「しまった、竿を持ってくればよかった……」

昔話レベルの竿でも、新しい場所で試してみる価値はあったのに。思ったより早く着いたことだし、次回こそ忘れず持って来よう。

支流は左手に伸びている。紗良は方向を変え、そちらに向かってみることにした。

川岸はやはり本流と同じように少し開けていて、森はそこで途切れている。多分、最初に地図に載っていたのはもっと手前までだろう。木々で暗くなる先を覗き込んでみると、オレンジ色の実がいっぱいに生った大きな木が見えた。

思いついて、マニュアルノートを開いてみる。

＊＊＊＊＊＊＊＊＊＊＊＊＊＊＊＊＊＊＊＊

〈新しいエリア〉

新エリアでは、今まで見られなかった動植物が姿を現します。

安全なものと危険なものをきちんと見分けましょう。

＊新しい動植物はこれ！

＊＊＊＊＊＊＊＊＊＊＊＊＊＊＊＊＊＊＊＊＊＊＊＊＊＊＊

相変わらず絵が上手ぃ。

少し森に入って、ノートとオレンジの実を見比べてみる。

もちろん、名前は柿ではないが、その特徴は日本の柿とほぼ同じだった。

「柿だ！」

紗良は、マニュアルノートをお腹にしまいこんで、実のなる木に近づいた。大きな木だけあって、枝はそこそこ高い位置にある。

風魔法を使って、まずは一個、落としてみる。

手に取ると、重さや硬さは柿だが、形は少し円錐形《えんすいけい》をしている。とてもつやつやしていて、いい色だ。

紗良は、ザックの遭難セットから小刀を取り出し、皮を削った部分にかじりついた。

「……し……ぶっ……」

思わず吐き出す。吐き出したのに、渋みはあとからあとから口に湧いてきた。

慌てて、ペットボトルの水を出して、口をすすぐ。

「ぐう……異世界の自然、おそろしい……」

人生で渋いものなど食べる機会はそうそうない。新しい体験だった。

渋柿も食べる方法はある。

七、八個を魔法で撃ち落とし、みんな大好きスーパーのレジ袋に入れて、ザックに収めた。
まだ口が苦い。紗良は、ふらふらしながら川べりに出た。支流の少し上流にあたるそこは、水深も浅く、さらさらと穏やかに水が流れていた。

ちょうどいい、お昼にしよう。

河原の石は痛そうなので、ザックに入れてあったお気に入りのチェックのひざ掛けを、尻の下に敷いた。

家中を漁って、一度使ったきりになっていた真空断熱の水筒を見つけていた。今日は、暖かいお茶を入れてある。

そしておにぎりは二個。塩じゃけと、おかかだ。

そういえば、萌絵が持ってきてくれた生しゃけがあった。

何にしよう。

ちゃんちゃん焼きもいいし、鍋もいい。バター焼きにしても、フライにしてマヨネーズソースで食べてもいいだろう。全部、お酒に合うし。

時間は、13時を回ったところだ。

冬の日暮れは早い。とはいえ、もう少し森を探索する時間はある。

紗良は、おにぎりを食べ終え、部屋に戻りがてら森の中を進んでみようかと考えた。

その時、ふと、川面に何かが跳ねた。水しぶきは小さかったが、紗良には見えた。

そっと川に近づき、目を凝らす。

「魚がいる」

小声で呟く。

魚だ。なんだろうこの、そわそわする気持ち。

水産大国で生まれた紗良だけに、肉ばかりの生活よりも、魚の方がずっと身近だった。

よし、あれを獲ろう。

釣り竿はない。だが、紗良には魔法がある。今一番得意なのは、風魔法だ。どう使うべきか。

下から持ち上げる、運搬《アンゲスト》が一番良さそうだが、どうも水の中で瞬間的に発動させるのは難しそうだ。

一度失敗したら二度目はないぞ。

なんとかして空中にはね上げたい。

【戦士】のスキルで、それくらいの素早さはあるのではないだろうか。

そう、きっとできる。

何か——何か棒のようなものがあれば。

紗良は、一瞬でそこまで考えた。

しかし、棒状のものなど、河原にはない。森まで取りに行けば、魚から目を離すことになり、戻って来た時にはもう見つけられない気がする。

決断は早かった。

紗良は素早く耳に手を伸ばし、じっと魚から目を離さないまま、イヤーカフをむしりとる。ぱっと杖になったそれを、素早い移動と共に、魚の下に差し入れた。

足が冷たい！

しかし、その水音を魚が感じ取るより前に、紗良の杖はその魚体を空中に弾き飛ばしていた。

すかさず、風魔法で掴む！

「うおおおおやった！」

河原の石の上で、大きな魚がぴちぴちと跳ねていた。以前釣ったものより、少し小さい。鮎っぽい。

紗良はすぐさまマニュアルノートを開き、魚が食べられるかどうか確認しようとした。

そこには、こうあった。

＊＊＊＊＊＊＊＊＊＊＊＊＊＊＊＊＊＊＊＊
杖は！　とても！　大事！　魚とる、ダメ、絶対！
＊＊＊＊＊＊＊＊＊＊＊＊＊＊＊＊＊＊＊＊

ダメだったらしい。

32

そっと杖に浄化《ルクス》をかけ、何事もなかったかのようにイヤーカフに戻すと、紗良はぱたんとマニュアルノートを閉じた。

「さ、帰ろう」

魚には保存《ノヴァ》をかけ、レジ袋に入れる。水筒とひざ掛けと一緒に、まとめてザックにしまい込んだ。

びしょびしょになった足元は、風魔法と火魔法の組み合わせで一気に乾かしておく。ちょっと気持ち悪かったのが、大分マシになる。

森を通って帰ることは可能だろうか？

柿の木のあたりまでは、足元もそう悪くない。問題は、途中で先に進めなくなったときに、河原に出られるかどうかだ。

カサカサと茂みが鳴った。

はっとして目をやると、柿の木の奥の草むらから、鹿の顔が突き出している。来るときに見かけた個体だろうか。残念ながら、見分けはつかない。

じっとしていると、鹿は、ケーンと一声鳴いた。まるで、ついて来いと言っているようだ。

紗良は、道がなければ戻ればいいだろう、と、鹿について行ってみることにした。

近づいても、そいつは逃げない。

潜り込んでいった草むらに手をかけ、かき分けてみる。少し茂みを切り開けば、歩きやすそうな草地に出るらしい。

そして、そこには、四、五頭の鹿が、やはり紗良をじっと見ていた。彼らが身をひるがえし、先を進んでいくのを、ゆっくりと追う。

森は深いが、木漏れ日はところどころ地面を照らし、光の暖かささえ感じる。

ふと、鹿たちが駆けだす。

さすがに足元が悪く紗良は走れないが、方向を見失わないように目を凝らした。

少し背の高い草をかき分けると、彼らは、大きな木の下にたむろしていた。なんだか嬉しそうに、その足元で何かを口に入れている。

「どんぐりだ」

とても大きな木だ。御神木ほどではないが、それでも、樹齢を感じさせる。

鹿たちは、紗良に向かって、何度も首を上下させて見せた。

そして、戸惑っているこちらに、鼻先でどんぐりを押しやる。

「あ。ああー、おすそ分け？　してくれるの？

うわー、ありがとね」

でもさすがにどんぐりは食べられないな。

野生動物の厚意、というなかなかレアな経験をさせてもらったが、それに応えてどんぐりを口に入れる勇気はない。

紗良は笑顔を作り、散々迷った挙句、ザックからレジ袋を出した。

ほんとあれ。

こんなに役に立つもの、他にない。

涙するほど感謝しながら、紗良はどんぐりをその袋に入れた。

鹿たちは、首を傾げるような仕草の後、次々とどんぐりを鼻先で集めてくれる。

可愛い。

可愛いけど困る。

笑顔を絶やさないよう、両手のひら一杯分くらいのところで声をかけた。

「もういいよ、ありがとう、あとは君たちがお食べ。なくなっちゃったら困るからね」

袋の口を結んでザックに仕舞うと、納得したのか、鹿たちはまたぽりぽりとどんぐりを食べ始めた。

その様子を微笑ましく眺めていたが、そのうち一匹の足元に何かがあることに気づく。

近づいてみると、深い落ち葉に埋もれた大きな石だ。目を引いたのは、その表面に青い彫り込みがあったせいだった。

手で落ち葉を払うと、50㎝ばかりの平たい円形をしていることが分かる。正円というにはややいびつだが、石の形としては驚くほどきれいな丸だ。その表面には、同心円と直線を用いて複雑な文様が描いてある。

「なにこれ」

分からないことがあったら、頼る先は一つだ。

腹からマニュアルノートを出して、開く。

＊＊

〈転移陣〉

転移魔法が使えない人のために、魔力のみで起動する転移陣があります。

ただし、発動には条件があります。

設置した本人か、その本人が許可したものに限るのが通常です。

同じ魔力で設置された陣は、共通して許可されることが多いのも、個人設置の特徴です。

聖域の周辺には、全部で20の転移陣があります。

探してみるのも面白いでしょう！
＊＊

道の駅スタンプラリーかなんかかな。

この石の正体は分かったものの、肝心の、発動の条件とやらが分からない。

紗良はこういうものを作る知り合いはいないし、許可が出そうもないなと思う。

それにしても、どうやって色を付けているのだろう。綺麗な彫り込みと、綺麗な青だ。美術品のような気持ちで、陣を眺めてみる。

「ん？」

おかしいな、今、何かが意識に引っかかった。

複雑で細かな模様が幾重にも描かれている、そのどこかに——。

「英語？」

思わずしゃがみ込み、顔を近づけると、模様に混ぜてはっきりと英語が書かれている。こちらにはない文字のはずなのに、そこにはこうあった。

『Eat it』

「……それを食え？」

ってどれ？

近くに何か食べ物が置いてあるのだろうか。紗良は、きょろきょろと辺りを見回してみた。しかし、見えるのは秋の森の枯れた色ばかり。

あちこち見回している紗良の動きに反応したのか、また、一匹の鹿が、愛想よくどんぐりを鼻先で勧めてくれた。

「あ、うん、ありがと……」

はっとする。

えっ。

まさか？

「……うそでしょ」

それ、とはまさか、このどんぐりだろうか。

日本では鹿は神様の遣いだと言うが、そもそもこれは鹿じゃないし、大体、どんぐりって食べられるの？

紗良は、さきほどマニュアルノートが教えてくれた、近隣の食べられる植物を確認してみた。

柿しか見えていなかったが、一応、このどんぐりも載っている。苦いらしい。

それからしばらく葛藤したが、結局、食べてみることにした。

日本にいた頃の紗良なら、絶対に食べないだろう。けれど、今の自分は、いつもしないことをしてみたい衝動で一杯だ。

切断《アニマ》で殻ごと二つに切り、出てきた中身をころんころんと手のひらに出す。

良くない色をしている。

紗良が躊躇していると、すぐ近くでぶるんと鹿の鼻息が聞こえた。目の前にぐるりと五匹分の鼻先が並び、なんだかとても期待した目をしている。

もはや食べないという選択肢はない。

紗良は、思い切ってそのふたかけらを口に放り込み、噛みしだいて呑み込んだ。

「……思ったより……香ばしい」

美味しくないピーナッツみたい。

そんな感想を持った時、紗良の身体がふわりと光った。

癒《アウロラ》しをかけた時に似ている。けれど、もっとずっと青みを帯びている気がした。

光は少しずつ広がり、そして、魔法陣の描かれた石に触れると、そこに一瞬、強く青い光が立ち上がった。すぐに消えてしまったが、まるで天に届くような高さだった気がする。

光が消え、鹿がぶるんぶるんと鼻を鳴らす。嬉しいのかなんなのか、角を擦りつけ合って楽しそうだ。

紗良自身には何が何だか分からないので、当然、マニュアルノートを開く。

＊＊＊＊＊＊＊＊＊＊＊＊＊＊＊＊＊＊＊＊＊＊
〈転移陣の解放〉

おめでとうございます、【転移陣・グランディフェライ】が使用できるようになりました！

以後、ここへは自由にやって来ることができます。

転移の呪《スペル》い　飛来《ヴォーランス》
＊＊＊＊＊＊＊＊＊＊＊＊＊＊＊＊＊＊＊＊＊＊

「ん？」

来ることができる、ということは、つまり帰るのは徒歩か。自宅に帰るには、やはり【賢者】のレベルアップを待って習得するしかないらしい。

紗良は、喜びの頭突きをしてくる鹿に小突かれながら、ザックを背負いなおした。

33

鹿と別れ、自宅に帰り着いたのは、15時を回ったころだった。

やはり山中は歩きにくく、しかも目に付く獲物をついつい収穫してしまう。新しい種類のきのこと、こまごました香草が手に入った。

かなり汚れた気がして、先にシャワーを浴びることにする。

「……ぎょえ！」

細かい切り傷がついているようだ。最近は、歩きやすい場所を選んで出かけていたから、癒し《アウロラ》をかけるのを忘れていた。

慌てて傷を治し、ようやく落ちついて髪を洗うことができた。

セーターともこもこのロングスカートで外に出ると、湯上りということもあって少し寒い。

部屋に戻って、毛糸の帽子とこれももこもこのネックウォーマーをしてみる。

ちょうどいい。

さて、魚ときのこはいいとして、問題は柿だ。残念ながら、寡聞《かぶん》にして渋柿の取り扱い方を知らないため、予想で動くしかなかった。

日本の冬の原風景というか、よく見る光景として、吊るし柿のイメージは持っている。それに、干し柿は食べたことがある。だからきっと、いける。

紗良はウッドデッキにあがり、柿を傍《かたわ》らにおいて、まずは皮をむくことにした。

「……皮、むくよね？　……え、むいていいのかな」

ちょっと不安にもなってみたりしながら、干し柿に皮はついていないという予感に従って手を進める。

次に、さつまいものつるを干して作った紐を、そのへたに結んでみようとした。

ちょっと難しい。つるが太すぎるのだ。一本の紐に五、六個ぶらさがっている光景が理想だったのに、結局、紐一本に柿一個ずつしか結べない。

それを、木材を簡単に組み合わせた物干しざおのような場所に吊るす。

「……」

長さの違うつるに、柿が一個ずつぶらぶら横並びに揺れている。

思ってたんと違う。

しかし、これ以上のことはできそうもない。

紗良はそこから目をそらし、夕飯にとりかかることにした。

＋＋＋

同じ頃。

青白い光をほのかに放つ転移陣に、フィル・バイツェルが姿を現した。そして、足元の石を撫で、確認している。

その背中に声をかける者があった。

「おや、君は」

振り返ると、そこには、長い髪と長いひげを生やした老人がいた。髪もひげも、着ているローブも、全て真っ白だ。

「これはジュネス様」

フィルは、驚きつつも、礼にのっとった姿勢であいさつをした。

「そうかそうか、司祭長の任を断って飛ばされたときいておったが、この近くであったか」

「ははは、ナフィアの司祭を任じられたのでございますよ、それだけです」

「もったいなきこと。お父上はさぞお怒りであったのでは？」

「まあ……いやしかし私は次男ですので。家督を継ぐわけでもなし、最後は好きにせよとお許しがでましたとも」

「許しであると思っているなら、なぜ身分を捨てたのだね」

「好きにしたのですよ。生きることは良きかな、気楽であればなお良し、というのが信条でして」

老人は大笑し、

「ふーむ、お前の近くに界渡り様が落ちてこられたのも、女神様の采配であろう。信じるままに、信じる形でお仕えするといい」

そう言った。

フィルはその言葉で、そうそう、と思い出す。

「界渡り様といえば、この転移石ですが……」

「ふむ。この石を設置したのは、200年ばかり前の界渡り様であったと聞いておる。魔力が切れ、継ぐ者も再起の仕方も分からぬまま100年以上は経つが」

「完全に機能が戻っておりますね。おそらく紗良様でしょう。波長が同じであったのでしょうか」

「紗良？　ああ、界渡り様の御名《みな》か。親しくなったのだな」

フィルはそれを聞き、自らの失敗に気づく。津和野様が正解だったか。

少し困ったけれど、今は少し置いておくことにする。

「今のところ、転移陣に許可を受けたのは紗良嬢だけのようだな。

とはいえ、再起に気づけば、転移魔法を使える者はここを目印に飛来できてしまう」

「ええ。私自身は、光柱を目で見て参りましたが、遠方からでも魔力で感じる者もおりましょう」

心配げな老人に、フィルはにっこり笑う。

「ジュネス様は、王都からはるばる、紗良様を心配していらしたのですね」

「ふむ。不憫《ふびん》な来歴であるからなぁ。それに、聖女様は紗良嬢との交流後、少しずつ前向きになっておられる。

どちらの乙女にも、心安くあって欲しいものだね」

二人はうんうんと肯き合う。

「紗良様に、悪意ある者は近づけぬようです。安全地帯《パルサス》を会得のご様子ですので」

「なんと！　では聖女にも匹敵する力をお持ちなのか……。ならばそう心配することもないだろうか。

聖域自体には女神様の結界があると聞いておるし」

「ええ。ご本人は大変に人が好い方で、森に馴染み、魔物とも心を通わせております。今は聖域にとどまっておられますが、行動範囲も広がってきているようですし、やがて人との関りもお望みになるでしょう。身を守る術もお持ちですし、アテルグランスを従えていらっしゃいますし」

「ほっほ、なんとなんと。頼もしいね」

老人は、聖域の方を眺めやり、微笑んだ。

そのローブの裾に、何かが触れる。見れば、数頭のシェルヴスだ。つぶらな瞳で、珍しそうに匂いをかいでいる。

どこからか突然現れたように見えた。

「おや、これは……紗良嬢の魔力かな？」

「そのようですね」

グランディフェライの実をぼりぼりと食べている彼らは、ほんのりだが魔力をまとっている。

「紗良嬢が魔法陣を起動した際、近くにおったのだな。

どこから来たのかと思ったが、この転移石を使えるようにしてもらったらしい」

「ふむ。どこからでも食料確保に来られるということですか。

おい、幸運だったな、お前たち」

シェルヴスは鼻をぶるんと鳴らす。

「ではフィルよ、紗良嬢によくお仕えしておくれ。

お供物でお望みのものがあれば、私に伝わるようにしておくからね、教皇庁へ報告をあげるといい」

「ええ、もしあれば」

「大きなものをお望みにはならぬか」

「はい。控えめというより、この世界のことをまだ何も知らない方です。けれど、まあ、知ったとしても、きっと高価なものなどは欲しがらないでしょうが」

「聖女が共に呼んだだけはある、大人物のようだね」

「手放しで良い方と言えるでしょう。それに……とても美味しいものをお作りになられるのです！」

この世界に娯楽は少ない。

しかし、日々生きるだけのことに全力を傾けていた時代よりは、少し豊かになってきた。

食べることに喜びを見出す時代になりつつあるということだ。

老人は、きらりと目を光らせた。

「その話、もう少し詳しく聞かせるのだ、フィル・バイツェル」

二人は大木の下に向かい合って座り込み、長々と話し込んだのだった。

＋＋＋

寒い夜にぴったりのあんかけ焼きそばを、それはそれは食べにくそうに、けれどしっかり平らげたヴィーに、声をかける。

「ねえヴィーちゃん。たまにお土産持ってきてくれるじゃない？」

紗良は、マニュアルノートを開いて、そのうちのある箇所を指さし、ヴィーに示した。

「この鹿、えー、シェル、ヴス？　は持ってこなくていいから、ちょっと覚えておいて？　ヴィーは自由に食べたらいいけど、私にはいいから。ね？」

弱肉強食、豚も鶏も平気で食べるくせに、いやなんなら実家ではジビエもよく食べに行っていたくせに、顔見知りになると食べられないなんて、甘えではある。

けれどまあ、そんな自然界の掟を、厳しく自分に突き付けねばならないほど、ぎりぎりの食生活ではない。

ヴィーはちらりとノートを見て、鹿を指さしている紗良の指先をフンフンと嗅いでいる。

分かってくれたのかなあ。

いや、分かれというほうが無茶か。

とはいえ、

「一応ね、お願いね」

と言っておくだけ言っておく。

言われたほうは、相変わらず熱心に紗良の指を嗅いでいる。

「目ざといな。いや鼻ざとい……？」

嗅いでいる指は、ついさっき、パウンドケーキの焼き上がりを確認した指だ。もうほぼ最後の栗を使って、夕方から焼いていたのだ。

「でも残念、食べるのは明日だよ」

ヴィーはシャー！　と鳴いて歯をむき出した。

34

1週間後、やって来たフィルは、少し疲れているようだった。

紗良が心配して尋ねると、自分の頬を撫で、意外そうな顔をした。

「自分では気づきませんでしたが、確かに最近少し、忙しかったかもしれません」

「そんな時にわざわざ来てもらって」

「いえいえ、昨日あたりから、落ち着いてきてはいるのです。

　ほら、年末ですから。色々とあるのですよ」

「ああ、なるほど。こちらでもニューイヤーのお祝いはあるんですね」

「はい。とはいえ、年送《ねんおく》り1週間前くらいが行事のピークでして。今はその準備ですね」

いつもの御神木の下で、紗良とフィルは、お互いの荷物の中身を交換した。

「そうだ、良かったら、うちに来ませんか？　甘いものはお好きですか？」

「ええ、好きですよ。よろしいんですか？」

「はい。ちょっと前に作ったお菓子が、ヴィーのお気に入りになっちゃって。それから結構な頻度で焼いてるんですよ」

二人は連れ立って、河原へと歩いた。

もうすっかり慣れた道だ。そう、もう道と言えるだろう。獣道ではあるが、草が踏み固められ、少し歩きやすくなっている。

ウッドデッキに到着すると、フィルは何も言わずとも靴を脱いで上がってくれた。

紗良が二人まとめて浄化《ルクス》をかける。

「紗良様は、清潔を重んじられるのですね」

「そうですねえ、病気が怖いですからね。あとはまあ、そういう教育を受けましたから。外から帰ったら手を洗う、毎日お風呂に入る、毎日服を替える、部屋の中は清潔を保つ」

「立派なメイドがおられるのですね」

「えっ。いえいえ、全部自分でやるんですよ」

「そうなのですか。では、日々のそうした手順にずいぶん時間をお使いになる」

「はい、だからほら、魔法って、すごく便利で最高です」

紗良は言いながら、パウンドケーキを切り分けた。分厚く切って、お気に入りのケーキ皿に載せ、フォークを添える。残念ながら、部屋には生クリームがない。

無念である。

飲み物はコーヒーにした。

「いただきます」

紗良が手を合わせる横で、フィルは手を組んで小さく祈りの言葉を呟いた。

それから、二人で同時にフォークを口に運ぶ。

いい出来だ。

「おや、紅茶の香りですか？　砂糖とバター……贅沢な菓子ですね！　とても美味しいです」

「葉っぱごと入れてるんです。コーヒーに砂糖とミルクは？」

「これは南方大陸の飲み物ですね。初めて口にします。

……ふむ、苦いけれど、不思議と菓子に合います。このままで結構でございます」

フィルによれば、こちらでは、砂糖は高価であるそうだ。とはいえ、全く買えないほどではなく、
庶民でもたまの贅沢で使えるくらい。もちろん贅沢は贅沢なので、普段の間食は果物や芋類だそうだ。

「そうだ、私も作ってみたんです。干し柿」

「え？　ああ、ペルシモンですね」

「1週間くらい経ったんですけど、まだ食べられなそうです」

ぶらぶらと紐に一個ずつくくられた柿は、色が変わり、少しだけ粉がふいている。

フィルは、靴を履いて近づくと、まじまじと観察した。

「ふむ。良い状態です。この位になったら、外側を少し手で揉むと良いでしょう」

「えっ。揉む？　ぐにぐに？」

「はい、もちろん潰れぬ程度に。さらに1週間ほど経ったら、また中心部付近に向けて揉むのです。

そこから1週間後くらいが食べごろでしょう」

「年末かぁ。結構かかるんですね」

言われた通りに柿を揉み揉みする。

横に並んで、そうそういいですね、などと言っていたフィルは、ふと気づいたように、

「そういえば、紗良様というのは、お名前だったのですね」

「あ、はい。でもいいと思います。津和野はいっぱいいますからね。まあここにはいませんけど」

「では、私のこともぜひ、フィルとお呼びください。バイツェルは沢山いますからね。この世界に」

そう言われ、紗良はくすくすと笑った。

意外に面白い人だ。

「それで紗良様、年末はどうお過ごしの予定ですか？」

「んん、年末？　いえ、何も考えていませんね。夜更《よふ》かしくらいはしようかな？」

フィルはうんうんと肯くと、さらに言葉を継いだ。

「もしよろしければ、うちにいらっしゃいませんか？」

「と……いうと？」

「1週間ほど、実家へ戻るのです。我が家は大家族で、田舎なもので家も無駄に広い。親戚も沢山出入りするので、一人増えたところで大差ありません。

紗良様もそこに混じりませんか？

この世界について、少し覗き見ることもできましょう」

ふむ、と紗良は考えた。

田舎の大家族か。

ちょっと考えてみた。

ふむ。

日本では、大みそかはいつも家族と一緒だった。もしかしたらそれを思い出して少しナーバスになってしまうかも。

だったら、人に囲まれていたほうが過ごしやすいかも？

いやでも人がたくさんいるのか。

どうしよう。

あ、と思いつく。

これが決断だ。

年末年始のことなんて、いつもなら絶対に両親に電話をしている。どうしたらいい？　と聞けば、帰省方法からなにからなにまで決めてくれる。

「行きます！」

気づけば、そう答えていた。

決断した、という感じがして、大変に良い気分だ。

「それは嬉しいことです。ではお迎えに参りますね」

にこにこしているフィルにはいと返事をしつつ、スマホのカレンダーを開いて見せる。

「暦《こよみ》は同じですか？」

「……ええ、不思議ですね、呼び名は違いますが、周期は同じです」

「じゃあここはやっぱり、地球なんだな……」

紗良は呟く。

気候や、昼と夜の時間、自然の有り様のほとんどが一致している。紗良の乏しい知識でも、それは同じ環境下でなければありえないと分かる。ここは、いつかどこかの地球なのだろう。

そしてまた、だからこそ、女神の力で人を呼ぶこともできる。

フィルが指さしたのは、12月29日だった。

「分かりました、お泊りの準備しておきますね」

「はい。向こうには全て揃っておりますので、身ひとつでも構いませんけれど」

さすがにそうはいかないだろう。

司祭というくらいだから、女性との付き合いはないのかな？

女子が手ぶらで他人の家に泊まれる訳がないやろがい。

「この装置は、聖女様と同じものですか？」

「装置？　ああ、スマホですか、機種は同じか分からないけど、機能としては同じものですね。

佐々木さんと会ったことあるんですか？」

「とんでもない、私風情が会えるお方ではありません。

ただ、不思議な、薄い小さな装置をお持ちとは聞きました」

「モノは私のですけど、女神様？　が、これに地図とか色々入れてくれたみたいです。

これはね、私のステータス」

「紗良様⁉」

ステータスアプリを開き、ほら、と見せると、フィルの両手がスマホごと紗良の手を包んだ。ほんわかした姿に似合わず、ごつごつした手だ。

司祭ってホワイトカラーじゃないのかな。

「え？」

「ご、ごごごご自分のステータスをそんなに簡単に人に見せてはいけません！」

「え」

「分かりましたか⁉」

「えっ、は、はい！」

ぐいとスマホを胸元に押し付けられ、慌てて画面を消した。

「自分のステータスやスキルは、基本、家族などごく親しい者にしか知らせないのです。心の内を覗かせる行為とでも申しましょうか、そういう習慣なのです」

「それは知りませんでした。今知っておいてよかったです。

教えてくれてありがとうございます！」

こういう、地方特有の慣習、みたいなやつがあなどれないよな、と紗良は思う。

年末年始に、フィルの実家とやらに行くのがちょっと不安になってきた。

「いえ、元はと言えば、私が紗良様の装置に興味をもったせいですから。

それに、その、乙女の手に、許可もとらずに触れてしまって。こちらこそ申し訳ありません」

「手くらい別にいいんですけど、私、ご実家で大丈夫ですかね？」

「え？」

「え？」

「……え？」

「いや、ご実家でね。なにかやらかさないかなって」

何に驚いているのか分からないが、心配事を相談すると、ああ、と納得された。

「家族には、界渡り様と言ってありますので」

「びっくりされませんでした？」

「家族の方から提案されたのです。ですから気楽においでください」

なら多少のことは、習慣の違いで許されるかもしれない。

紗良は安心した。

「あまり長居もいけませんね。そろそろ失礼いたします」

「お構いもしませんで。あら、ヴィーの気配がしますね、こちらへ向かっているようです。会っていきますか？」

「残念ながら！　あまり時間もなく！　またの機会に！」

フィルは、あっという間に荷物をまとめて立ち去ってしまった。

まだ明るいので大丈夫だろうが、一応、スマホの警報には気をつけておこう。

紗良は手に持ったままだったスマホを、ポケットに入れた。

右手側の藪がさがさと揺れて、予想通り、ヴィーが顔を覗かせた。そして、ウッドデッキに突入した。

空になったケーキ皿がふたつ、テーブルに並んでいるのを、ぐるぐる周りながら嗅ぎ出す。しっぽは、びたんびたんと床を叩いていた。

「今日も元気《ヴィヴィド》いっぱいちゃんだね。ケーキの残り、全部食べる？」

そう尋ねると、魔物はようやく落ち着いたように、ぷすん、と鼻息をはいた。

35

紗良は、がばり、とベッドから起き上がった。

思いついたのだ。

川を渡る方法を。

『海を見る』という、今のところ唯一にしてほぼ絶望的な『決断』において、問題点はふたつ。

ひとつは距離の問題。

もうひとつは、いくつかの川が行く手を阻んでいることである。

ひとつ目については、転移石が鍵になると思っていた。先日見つけた【転移石・どんぐり《グランディフエライ》】のことだ。あそこを起点にして、次の転移石を見つければいい。

もちろん、海に向かう方向で探す。

見つかって起動できれば、今度はその転移石に飛び、さらに次の石を探す。

探せたら、帰りは【転移石・どんぐり《グランディフエライ》】に飛び、そこからならば徒歩で戻って来られるわけだ。

それについては、石を見つけた初日にぼんやりと思いついていた。

ただ、川を渡る方法はなかなか難しい。

丸太を渡して、一本橋にする?

ゲームではあっさり叶う方法だが、安定して向こう岸に渡れるものだろうか。

錬金釜を持って行って、製材して橋を造る?

何か月かかるか分からない。

土を魔法で固めて渡る？

大量の土が必要になり、周囲の地形を変えてしまうかもしれない。人はいないが動物はいる森の中で、あまり勝手はしなくなかった。

とはいえ、木製の橋よりはずっと現実的だ。

そうやって、このところ、なんとかうまいこと川を渡れないものかと考えていたのだ。

そうして今朝、ついに、最も手軽で安全な方法を思いついた。

紗良はベッドを飛び出すと、すぐさま遭難セットを作った。

そしておにぎりを握る傍ら、パンをトースターに放り込み、コーヒーを落とす。

厚手のコーデュロイパンツにセーターを着て、チンと鳴ったトースターからパンを取り出し、いちじくのジャムをたっぷり塗って食べる。

落としたコーヒーの半分は、水筒に詰めた。

いつものセットに、コートを羽織り、おにぎりを入れたザックを背負う。

外に出ると、ヴィーが地面にぺったり伏せてなにかをじっと見ている。

鼻先にあるのは、何かが両の手のひら一杯分入ったらしいレジ袋。

「あれ？　なんだっけ、あの中身」

はっとした。

どんぐりだ。鹿にもらったどんぐりが入っているはずだ。

おかしいな。その割に、なんだか動いているように見える。ビニールの表面が、カサコソと、いや、うねうねと、小さく動いている。

「あばばばば……」

紗良は動物が好きだ。だから、動物園も好きだ。それゆえ、あまりみんなが知らないだろう、『どんぐりポスト』の存在も知っている。

子どもたちが、いや別に大人でも良いが、どんぐりを集めて動物園に持っていくのだ。

何のために？

どんぐりそのものももちろん役に立つ。

しかしそれと同じくらい、動物園側が期待しているのは——。

「ぎゃー！　だめ、ヴィー！」

ひげをぴくつかせていたヴィーが、ビニールの動きに我慢できないように、ちょいと前脚でつつこうとしている。

紗良は生きてきた中で一番素早く駆け寄り、レジ袋を指先でつまんでぶら下げると、反対の手で杖を顕現させ、

「飛来《ヴォーランス》、どんぐり石！」

と叫んだ。

紗良はレジ袋ごと姿を消し、後には、動くおもちゃを取り上げられて不満そうな魔物が残った。

あれを開けたら、きっと、とてもたくさんの虫たちが飛び出してきて面白かったのに……。

「あああああああ、あああああ、いえええええええええ！」

ビニールを森に残して行くわけにはいかない。

紗良は、どんぐりの大木の根元に、決死の思いで袋の中身をぶちまけた。わらわらと四方八方に散っていく小さきうごめくものたちから、これまた俊足で距離を取る。

「ひぃいいいいいい！」

全力で走り、叫びながら、もう絶対使えない空のレジ袋を魔法で燃やし尽くした。

鳥や爬虫類たちは、思いがけないおやつを喜んでくれるだろう。

河原に出ると、なんだかぐったりした気持ちになる。まだこれからだというのに、早くも気力体力の半分を失った。

目の前には、川がある。

そうだ、この川が、今日の目的だ。

紗良は気を取り直し、まずは、全力で振り回していた杖をイヤーカフに戻した。

早速、気持ちを切り替え、思い付きを試してみることにする。

うっかり見てしまった袋の中身については、忘れることとする。

さて、思い付きにはもちろん、魔法を使うのだ。

今まで使ったことがないので、呪文《スペル》で補助をする。

「厳冬《ドウラートス》」

イメージと共にエーテルを操作すると、川の両岸、少し浅い部分から順に、その表面が凍り始めた。方向を一定にし、幅を定めることで、ちょうど1ｍほどの氷の橋がかかり、紗良は思った通りの結果に手を叩いて喜んだ。

氷の上を歩くことに問題はない。紗良の冬の靴は全て、滑り止め加工されている。故郷で売っている靴は、それが普通だ。都会で数㎝ばかり雪が降り、つるつる滑っている人がテレビに映るのを不思議に思っていたが、どうやら世の中には靴底を加工しない地域があるらしい。

一歩、川に踏み出してみる。

いける。

しっかりグリップの利いた靴底で、危なげなく川を渡り切ることができた。

「やった……」

エアカーテンに続き、紗良が自分で編み出した解決策だ。

やればできる子だ。成長していると言えるだろう。

振り向いて、氷を溶かしておく。

「これでよし」

とはいえ、これは今日の目的の半分でしかない。

できれば、この先に転移石を見つけておきたい。

川を境目に、ここからはあまり木々が深くない。

地図アプリを確認すると、紗良の部屋は東西の山地の谷間、その東の山のすそ野にある。

谷間には川が流れ、その上流から北に広がった平地に、ナフィアの街がある。

反対に下流に進めば、川は、山の間を抜け、そこから海へと続いていた。

今いる場所は、山と海の境目と言えよう。

とはいえ、大草原ということではない。雑木林のように、木々が生い茂ったエリアが広く続いている。それは森よりもまばらで、ずっと明るいというだけだ。

木の種類も違う気がする。どちらかというと針葉樹が多いのか、山と違って緑がちだった。

はたと思い付き、マニュアルノートをチェックする。

＊＊＊＊＊＊＊＊＊＊＊＊＊＊＊＊＊＊＊＊＊＊
〈生態系の違い〉

海沿いの平地には、森とは違う動植物が棲息しています！

新しい世界を覗き見てみましょう。
＊＊＊＊＊＊＊＊＊＊＊＊＊＊＊＊＊＊＊＊＊＊

なんだかそっけないな、と思うのは気のせいだろうか。

まあなんにせよ、相変わらず上手なイラストで、この辺の生き物を紹介してくれている。

そのうちの一つに、目が留まる。

「これは……！」

背の高い、けれど少し華奢《きやしや》な低木が載っている。その葉は、防水加工用の塗装剤になるそうだ。

もちろん、ウッドデッキなどにも、植物由来の様塗料は塗っている。しかしこの新しい品種は、口に入れても安全、というところが大きく違う。

つまり、これがあれば、食器が作れるということだ。

紗良は忘れていない。

スプーンを作ろうとして挫折し、棒を二本削って箸だと言い張ったあの日のことを。

「今ならいける……」

スプーン・リベンジだ。

紗良は、その木の特徴をしっかり目に焼き付けると、河原ではなく雑木林の中に入った。

やはり、そっけないと思ったのは気のせいだったようだ。マニュアルノートは、紗良の希望をこんなにも分かってくれているのだから。

しばらく林を進む。

途中、食べられそうなものを探したが、やはりもうほとんどないようだ。そもそも裸子植物が多く、結実する品種が見当たらない。

代わりに、景色は良かった。木々を抜けてくる日差しや、遠くに見える川のきらめきまでもが見える。足元も森よりは悪くないので、紗良は順調に歩を進めていた。

もう間もなく、次の支流が見えるだろうというところまで来た。

アプリで見ると、氷の橋から４㎞というところか。

そろそろお昼にしようかなと思っていると、紗良の視界にとんでもなく違和感のあるものが飛び込んできた。

「……ええ？」

それは、石造りの彫刻だ。

自然の中に突如現れたことにも驚くが、より驚くのはその造形だ。

「お地蔵さん……？」

まるっこい顔と、三頭身の愛らしいフォルム。おそらく赤かっただろう首周りのぼろぼろの紐。短い両の手を胸の前で合わせた姿は、どう見ても地蔵尊である。

なぜこんなところに？

いやいやなぜこの世界に？

疑問は多々あれど、紗良は正面にしゃがみ込み、無意識に合掌した。

そのとたん、どこかで見たような青い光柱が天を突くように立ち上った。

36

＊＊＊＊＊＊＊＊＊＊＊＊＊＊＊＊＊＊＊＊
〈転移陣の解放〉

おめでとうございます、ふたつめの転移陣が解放されました！

【転移陣・ラピススタートゥア】への転移が許可されました。

また、森の中に限らず、自然の中に食べ物や飲み物を放置することはご遠慮ください。
＊＊＊＊＊＊＊＊＊＊＊＊＊＊＊＊＊＊＊＊

とってつけたような注意書きは、要するに、お供えはするなよ、ということだろう。

いやでもフィルがしようとしていた御神木へのお供物はどういう扱いなのかな、とちょっと考える。

あれは、元々森の外の祭壇に置かれるものだ。そしておそらく放置はされず、すぐに、お下がりとして人間の口に入るのだろう。

紗良は、おにぎりを出しかけていた手を止め、仕方なく、浄化《ルクス》をかけるにとどめた。

別に神様を信じてはいないが、こういうものを軽んじないというのは、日本人の日常に刻まれている気がする。

よくよく見ると、落ち葉に覆われているお地蔵さんの足元に、青い模様がちらりと見える。

手で払ってみると、どんぐりの木の根元にあったものと同じ魔法陣が出てきた。そして、Eat it と書かれていた場所には、Meiji18.7.8 : Haruko とある。

「メイジ……明治？　明治18年7月8日？　……春子《はるこ》」

萌絵への対応を見るに、おそらく、聖女をこの世界に呼ぶというのは、かなり体系化された手順なのだと思われる。どう呼ぶか、呼んでどうするか、どこに住み何を教育しどう扱うか、彼女が快適に過ごしていることから考えて、とてもうまくやっている。それは、それだけの数をこなしている証拠だろう。

いきなり異世界から女子大生を呼んで、すんなり生活になじませるなんて、無理だ。

それに、萌絵がごねれば、すぐに紗良を呼んでなだめた。そんな決断だって、一朝一夕に成り立つものではない。

今までどれだけの人が聖女として呼ばれたのだろう。

いずれにしろ、そこまでして呼んだ聖女を、こんな辺境に放り出すことは絶対にない。つまり、この地蔵尊を据えたのは、聖女ではない。

けれど、日本人であることは間違いない。

「私と同じかな」

紗良があっさり呼ばれのは、前例があったからだと考えるのが自然だ。

それがきっと、この魔法陣の設置主に違いない。

聖女でもなんでもないのに、異世界に呼ばれてしまった人。

明治生まれで、Eatという、今時は小学生レベルの単語とはいえ、英語を扱えたというのは、かなりの才媛ではないだろうか。

転移陣を設置できるほどの魔法を使えるようになったのだ、ある程度、思考力に優れた人ではあっただろうけれど。

その時、背後に生き物の気配を感じた。

振り向くと、とてつもなく大きな犬がいた。もちろん、多分、いやきっと、犬ではない。さすがの紗良でも分かるくらい、それは大きかった。ヴィーくらいはある。そして、目がとてもとても青かった。

魔物だ。

紗良は、賢者のレベルを上げるために、この世界の知識を増やそうとしている。だから、マニュアルノートは隅々まで読んだ。その中に、この魔物の絵姿があったはずだ。

サピエンティム、と種族名が添えられていた。賢者という意味の名前を持つ、大きな灰色の犬みたいな姿で、その青い目は、紗良の記憶に強く残っている。寿命が300年を越えることも、覚えている。

しかし、目の前の魔物が持っている青は、その目だけではない。

耳にピアスのように突き刺さっているのは、金色のカゴに包まれた青い宝石だ。

紗良のイヤーカフととても似ている。

「それは、春子さんの杖《フエールラ》？」

声をかけた紗良を、魔物はじっと見ていた。

不思議と、視線がどこを見ているのか、人間同士のように明確に分かる。

彼、または彼女は、紗良の黒髪を見た。そして、背後の地蔵尊を見て、ゆっくりと俯いた。

この魔物は、転移陣が再起動し、そこに春子がいると思った。でも、そんなはずがないとも思った。

それでも来ずにはいられなかった。

春子の杖を託された魔物は、賢者と名がつき、賢く思慮深いが、万が一の想いに突き動かされてここまで来たのだ。

とうに亡くなった、春子という人に会いたかったから。

寿命の違う人と魔物は、ずっと一緒にはいられない。その証明のようだな、と紗良は思う。

魔物は、ふいっと首を返し、林の奥へと歩いて行ってしまった。

しかし、すぐに戻ってくる。

その、おそろしい牙の生えた口元には、小さく可憐な花が一輪、くわえられている。

魔物はそれを、ぽとりと、お地蔵さんの前に落とす。

意味は分かっていないだろう。ただきっと、春子がそうしていたから、真似をした。

いじらしいその姿に、紗良は、胸がぎゅっとなる。

「期待させてごめん」

魔物は、すん、と鼻を鳴らす。まるで泣いているように見えた。きっと思い出に浸っているのだろう。

紗良は、そっとその場を離れた。

明治という時代に異世界なんて来て、大変だっただろうに。

そして、その生涯を、あの魔物とともに過ごしたのだ。

すん、とまた聞こえた。

驚いて振り向くと、犬の魔物がいる。

すん。

鼻を鳴らす。

いや。

紗良のザックを嗅いでいる。

「…………」

「…………」

「…………」

睨み合いに負け、仕方なく、ザックを降ろして……――おにぎりを出した。

お座りをする魔物。

アルミホイルを外す紗良。

一瞬でおにぎりを食べる魔物。

いやもう、お前は犬だ。

犬は、おにぎりを二個食べ尽くすと、ぺろりと口元を舐めて、さっさとどこかへ去って行ってしまった。

紗良は、お地蔵さんに向かって、犬の躾についていて少々苦言を呈した。


昼ご飯を奪われた紗良は、空腹で河原に戻って来た。

転移石を使うとはいえ、結局、どんぐり石からは歩いて戻って来なければならない。やはり早いところ、自由転移を覚えなければ。

くたくたではあるが、猛烈にお腹も空いている。

軽くシャワーを浴びた後、スウェットのパーカーワンピースに着替え、もこもこのアウターを羽織った。

ふと、マニュアルノートがぱらりと開く。

＊＊＊＊＊＊＊＊＊＊＊＊＊＊＊＊＊＊＊＊＊＊＊＊

〈火の用心〉

これから乾燥する季節です。

火の使用、後始末には十分気をつけましょう。

毛糸やけば立った生地の服は、火がつきやすくなっています。

表面が溶ける生地も、焼けた際に肌に張り付いてしまいます。

火をつけたまま寝落ちなど言語道断です。

注意一秒怪我一生！

＊＊＊＊＊＊＊＊＊＊＊＊＊＊＊＊＊＊＊＊＊＊＊＊＊＊＊＊＊＊＊＊

町内会の回覧板か？

とても異世界のマニュアルとは思えないが、言っていることはまっとうだ。

紗良は、もこもこアウターを諦め、うーんと考えた挙句、ワンピそのものに保温《カリダ》をかけた。

なぜ今まで思いつかなかったのだろう！

暖かい上に動きやすい。

マニュアルノートも、業を煮やして教えてくれたのだろうか。最近は、手取り足取りという感じではなくなっている。紗良の成長を促すためだろう。

何にせよ、お腹が空いた。

冷蔵庫から、豚バラブロックをふたつ、出す。

外に出ると、すっかり日が暮れている。夜が早く、そして、長い。紗良は、その冬の夜の始まりを、楽しむことにした。

米を研ぎ、無水鍋に入れて水加減し、かまどにかけておく。

そして、豚バラブロックの片方に、塩をたっぷり擦り込み、ジッパーバッグにぴっちりと空気を抜いて入れる。

これはもう終わり。後日食べる分だ。

今日の分の、もう片方のかたまり肉には塩コショウをすりこみ、それを分厚くスライスする。

そして、森から採って来たさやいんげんを５㎝に切っておく。

火にかけたフライパンには、オリーブオイルとスライスしたにんにくを熱している。

本当はすりおろしにんにくがいいけれど、やつはとても跳ねる。凶悪だ。今日は戦う気力がないので、スライスで妥協した。

肉を入れ、焼いていく。

こちらのさやいんげんは皮が少し硬いけれど、その分、揚げるように焼くと、歯ごたえと香ばしさが格別だった。

タイミングを見極め、肉といんげんに同時に焼き色を付けていく。

味付けはシンプルに、醤油とはちみつ、酒で溶いた味噌を少々。仕上げにレモン汁をたっぷりしぼる。

炊きあがったごはんと、肉炒め、インスタントのオニオンスープをつけ、部屋から冷えたビールを持ってくる。

我慢できずに、ぷしっと開けて一気に半分ほど飲んだ。

「あああー」

天をあおぐ。

星が綺麗だ。

そう思った紗良の脇腹に、どすん、と何かが突き刺さった。

ヴィーの鼻先だった。

「来てたの。食べる？　……ぐえっ」

再び鼻先が突き刺さり、紗良は急いでフードボウルに肉炒めをよそった。

ようやくウッドデッキに落ち着き、肉を一口。口の中で肉の脂が溶ける。分厚くも柔らかい肉質と、爽やかなレモンが、その脂を美味しく胃へと押し流してくれる。

とどめのビールで、感嘆のため息が出た。

ヴィーも満足げだ。

沢山歩いて、美味しいご飯と冷えたビール。

隣には、物言わぬ友。

紗良はささやかな幸せを感じる。

遠く、とても遠くで、長く悲し気な遠吠えを聞いたような気もするけれど。

静かな夜は、更けていく。

37

紗良は小学校の教員養成課程だが、中高の免許も取ろうと思っていた。

実際、単位も十分取れる予定でいたので、昔使っていた教科書や参考書、必要と思われる教具は根こそぎ実家から運んできていた。

リコーダーとか、そういうやつだ。

いらなかったけど。

その中に、彫刻刀もある。これはいいやつだよ、と父が言っていた。

父は、紗良の教具を選ぶのがなぜか好きだった。今でも龍の裁縫道具があるんだ、と大喜びしたりして、いつも一緒に選んだものだ。

そういう訳で、紗良は久しぶりにチェアに座っている。

エアカーテンで中を暖め、傍らには木材と彫刻刀、そして、錬金釜で作った防水塗料を置いていた。

【転移石・地蔵】を見つけた時には、うっかりそのまま帰ってきてしまったが、あの後もう一度、この葉っぱを探しに行ったのだ。

匂いや質感は、どうも漆《うるし》に似ている気がする。しかし、触ってもかぶれないようだ。

とりあえず、刷毛《はけ》は料理用しかないので、古いタオルだけ準備してあった。

まず、ペンで木切れにスプーンの形を描く。そしてその通りに、ざっくりと切断《アニマ》で切り落とし、そこから細部を彫刻刀で削っていく。

笑いが止まらない。

「いける。いけるぞぉ……」

【木工】のレベルは48だ。なんと面白いように形になるではないか。柄のところにお花の彫刻なんかつけちゃおうかな。

ものの30分ほどで、綺麗な形になる。

それから、彫刻刀セットについていた紙やすりで、滑らかにしていく。粗めのものから、細かいものへと変えていくのは、爪やすりと同じだ。

そういえば、ずっとお手入れをしていない。爪を見ると、リセットのおかげでそうひどくはないが、そもそもの手入れが足りていない気がする。

というか、フィルの実家に出かけるときは、さすがに化粧をしなければならないだろう。もう半年ほどすっぴんで生きているのに、できるだろうか……。

考えているうちに、スプーンは出来上がった。

後は、古タオルで塗料を塗りこんでいく。乾かして、三回くらい塗ればいいだろう。

大量の木っ端を片付け、今日はここまでにする。

さて、今日は、紗良にはもうひとつやりたいことがあった。

魚用の仕掛けを作りたい。

紗良が作ったことがあるのは、ペットボトルの上三分の一を切って、注ぎ口を反対にしてかぽっとはめたものだ。あれのでっかい版が作りたい。

網と金属フレームでできる気がする。

問題は素材だ。

ナイロンとか、テグスのような素材が良い気がする。

家に入って、良さそうなものを探すが、やはり衣服が一番分かりやすい。リセットで再生されることは実証済みなので、洗濯タグを見ながらナイロン素材を探した。

外に出て、錬金釜を出していると、軽快な足取りでヴィーがやって来た。

「今日のお昼はなしだよ、めんどくさいから」

そう言いつつ、キッチンの戸棚から、買い置きのクッキーを出してくる。

一枚食べながら、残りをヴィーの前に並べた。

ふと思い付き、引っ張り出してきた衣服のなかから、赤いリボンを手に取る。そして、ヴィーの首にリボン結びしてみた。

「ははは、可愛いじゃん」

似合っていたので、鏡を出してきて見せてやった。

ヴィーはちらりとその光景を見たが、興味なさそうにクッキーに視線を戻す。

食に関してはOLみたいだけど、見た目に無頓着なのはおじさんみたいだ。今日も頭に枯葉がついている。

いまだにこの魔物が女子か男子か分からないのだが、クッキーをぼりぼりやっている姿は子供のようでもある。

お菓子を食べ終えたヴィーはどこかへ行こうとしたので、慌てて止めた。

「枝にひっかかったらぐえってなるよ、ぐえって」

結んだリボンをほどき、せっかくだからと、柿を干してある竿にひっかけておく。

ヴィーはそのまま、森へと入って行った。

紗良は、目的だったナイロン糸を錬金釜で作り、さらに、ステンレスのインゴットでフレームを作る。

最後に、その二つを一緒に釜に入れ、仕掛けカゴを完成させた。

よしよし。

とはいえ、すでに陽が傾き始めているので、これを試してみるのは明日だ。

紗良は、部屋から、先日仕込んでおいた豚バラのかたまりを出してきた。塩をたっぷり擦り込んでおいたあれだ。この塩豚と、萌絵が持ってきてくれた白菜で、シンプルミルフィーユ鍋にしよう。

保存庫になっているコンテナに近寄り、そういえば、と思い出す。

土に埋めて置いたさつまいものことを、完全に忘れていた。

まずいかな、と思ったが、掘り起こしてみると、むしろ皮の色味が増している。寝かせる系だったのかもしれない。

紗良は、それを三本ほど、他の材料と一緒にシンクに運んだ。

さつまいもの土を洗い落とし、アルミホイルで包む。そして、ファイヤーピットではなく、焼き肉をする四角いステンレスの箱、の方に、炭に埋めるように入れた。未だに正式名称が分からない。火をつけると、明々《あかあか》と燃え出す。

さて鍋を仕込もう。

ウッドデッキを降り、靴を履いた時、軽快な足音を聞いた。

ヴィーかな、と思って顔をあげたが、森から顔を出したのは、なんとあの灰色の犬の魔物だった。

「遊びに来たの？」

驚いたが、この魔物もきっと、あの転移石を使えるのではないかと気づいた。

紗良は起動したことで、【どんぐり石《グランディフェライ》】にも飛べるようになったのかもしれない。

犬は、いや違った、魔物は、漂ってくる食べ物の匂いに目を細めてから、紗良の部屋とウッドデッキの間らへんに座り込んだ。お腹を地面につけて、長期戦のかまえだ。

「餌付けしてしまった……」

ヴィーの時に自分を戒《いまし》めたはずなのに、まただ。

とはいえ、この犬の魔物については、仕方がないところもある。同郷の女性が相棒にしていたらしいのだ、情もわくというもの。

仕方あるまい。

無水鍋に、切った白菜と、塩豚をスライスしたものを交互に詰め込んでいく。ぎゅうぎゅうに詰めたところに、酒をたっぷり注ぎ、蓋をしてかまどにかけた。

そして、秋の間に塩漬けにしていたきのこを、軽く洗ってみじん切りにし、同じくみじん切りしたネギとおろししょうがと混ぜ、漬けダレ用に馴染ませておく。

先日フィルが梨のようなものを持ってきてくれたので、それでもう一品作ることにする。果物だが、やはり甘さは物足りないので、サラダに使うのだ。

水菜をざくざく切って冷水に放ち、梨を同じくらいの細切りにする。スピナーでぐるぐる回して水気をしっかり切り、オリーブオイルと塩と酢のあっさりドレッシングであえる。

「しまった、焼き芋どうなったかな」

慌ててウッドデッキに上がり、炭火からトングで掘り出してみる。が、置く場所がない。運搬《アンゲスト》でまな板を呼び寄せ、その上に三つとも載せた。

ホイルを開いてみると、途端に、芋の焼けるいい匂いがする。

調理台まで運び、竹串がなかったので、菜箸を突き刺してみた。何の抵抗もなく突き抜けてしまったので、中まで焼けているらしい。

「あら……ヴィーが帰ってくる」

いつからか、近づくヴィーの気配が分かるようになった。

感覚の教えた通り、森からずぼっと黒い獣が飛び出してきた。

そして一目散にウッドデッキに向かってきたが、その途中でぴたりと足を止める。そのまま動きを止めた様子は、まるで、呆然、といった風だ。

その視線の先にいるのが犬の魔物だと気づき、紗良は少し困った。

どうみても種族が違う。

喧嘩になったらどうしよう。

止められる気がしない。

一応様子を窺っていると、ヴィーはやがてじりじりと歩き出し、犬の魔物から数m距離を保ってうろうろと左右に歩き出した。

「えーと、その灰色のでっかいのはね、私の、うーん、同じ故郷の人？　の友達らしいのよ。今日は一緒にご飯食べるからね、仲良くね」

何かが勃発する前にと声をかけると、ヴィーはぴょんと跳ねた後、さらにうろうろを早めた。

どうも友好的な雰囲気ではない。やんのか？　という空気を感じる。

しかし、ぴたりと動きを止めた。

諦めたか、と見えたが、ヴィーは一点をじっと見ているようだった。

どうも、犬の魔物の耳、そこにあるピアスに視線が注がれている。

さらに、ちらりと紗良を見た。

犬を見た。

唸った。

なにしてんのこの子。

紗良は、動物園は好きだが、動物と親しく接したことがない。母の仕事の性質上、動物の毛はご法度だ。ゆえに、檻の外から眺める生き物しか知らないし、その気持ちも全く分からない。

ヴィーはしばらく、ふーふーと唸っていたかと思うと、不意に動き出し、なぜか柿の横にかけてあった赤いリボンをくわえた。

そして、紗良の傍に来ると、それをぐいぐいと頬に押し付けてくる。

でっかい魔物に押されてぐらぐらしながら、ほんとなにしてんのこの子、と思う。

「え？　え？」

「もしかしてつけて欲しいの？」

紗良は慌てて、赤いリボンを、ヴィーの首にリボン結びにしてつけた。そうすることで、変な行動がやんだので、どうやら正解らしい。

魔物の気持ちは難しいな、と思いつつ、落ち着いたなら今がチャンス、とも思った。

無水鍋の蓋を開け、ヴィーのフードボウルに4割、シンクの引き出しにあった金属ボウルに4割よそう。

残りは鍋ごと、ウッドデッキのテーブルに運んだ。

刻んだきのこのたれをヴィーに嗅がせ、背いたのでちょいとのせる。

犬の魔物に嗅がせ、首を振ったので、こちらにはのせない。

「こっちおいでよ」

浄化《ルクス》をかけると、犬の魔物は心得たように気軽にデッキに上がって来た。

少し考えて、離れた場所にふたつのボウルを置く。さらにサラダも別の器に入れて出すと、二匹はそれぞれ、思い思いに食べ始めた。

紗良は、うんうん、と肯く。

やはり、鍋を囲むと、仲良くなるのだ。

囲んでいる、とは言《い》い難《がた》い距離感であることには目をつぶったまま、豚肉の脂とうまみが限界まで染みこんだ白菜を、口に放り込んだ。

「食後のデザートはね、焼き芋だよ」

声をかけると、二匹は同時に、ニッと歯をむき出した。

38

今日は、フィルが迎えに来る日だ。

夕方だと言っていたので、紗良はとりあえず、朝ご飯を食べることにした。

外を覗いてみたが、ヴィーはいないようだ。鍋を食べた日、危ないからとリボンを取ろうとした紗良の手をすり抜けて逃げて以来、見ていない。

犬の方も、姿を見せる気配はなかった。

ただ、一度、青パパイヤのような硬い実が三つ、玄関先に転がっていたことがある。どちらかのお土産だろう。

どっちかな?

朝食は、一人分なので適当でいい。今日は部屋で食べることにする。

小麦粉と塩とオリーブオイルで、以前と同じチャパティもどきを作る。

そこにハムとチーズを乗せ、両側を少し折ってからくるくる巻いて、再びフライパンで軽く焼いた。

コンビニでたまに買っていたブリトーより、少し硬いが、香ばしい。

噛みつくと、溶けたチーズのいい匂いが、口の中に広がった。

さて、荷造りをしよう。

1週間ほどなので、国内旅行用のトランクを引っ張り出してくる。

下着類と着替え、あとは、シャンプーが変わるとまとまりが悪くなるので、使い慣れたそれを、小さなボトルに詰める。

気軽にシャワーができるとは思えないので、寝ぐせ直し用に小さなヘアアイロンも入れておく。

一応、父と母から贈られたちゃんとしたアクセサリと、自分用のイミテーションをひとつずつ。

後は適当に必要そうなものをぎゅうぎゅうに詰めて、準備完了だ。

田舎の大家族、と言っていたので、持っていく服はカジュアルラインだが、初日だけはご挨拶の意味をこめて少し綺麗目な恰好で行こう。両親の仕事の都合上、フォーマルなパーティーにもよく出ていたので、礼装を含めてきちんとしたワンピースは揃えてある。

どれにしようか、と考えながら時計を見ると、もう昼を過ぎている。

なんだかちょっと息苦しい。決して物理的にどうということではなく、ずっと部屋にこもっていたせいだろう。河原のウッドデッキという、自然まるだしの中で過ごす時間が多すぎて、感覚が野生児だ。

紗良は、空気を求めて、外に出た。

「あら、来てたの」

ウッドデッキには、いつの間にか、ヴィーがいた。

しかし、魔物はまるでその声が聞こえないかのように、明後日《あさって》の方を向いている。いつも通り、魔物もダメにしたクッションに腹ばいになっていたが、目だけが合わない。

怪しい。

紗良は靴を脱いでウッドデッキに上がり、近づいてみた。

「あれ、リボンどうしたの？」

解くのを嫌がって逃げたのに、その首にはもうなにもない。

代わりに、どっしりとしたお腹とクッションの間から、そのリボンの端がはみ出しているようだ。

紗良は、見えている部分をつまみ、ツツツーッと引っ張り出してみた。結び目は残っていたが、リボンは輪っかの真ん中あたりで引きちぎられていた。

やっぱり、枝か何かにひっかかって切れたのかな、と思ったが、よくよく見ると、その切れ目はどうやら焦げているようだ。

「一体、お前はお外で何をしているの……？」

一応、ヴィーの周囲をぐるっと回って、怪我などないか確認してみた。毛皮に多少の汚れはあるが、怪我や焦げはないようだ。

とりあえず安心し、浄化《ルクス》をかけてから、リボンをポケットにしまう。

「これはもうポイね。危ないからもうダメ」

ヴィーは、頑なに紗良を無視したまま、凶悪に唸り声をあげた。それから、立ち上がってその場で足踏みを三回転ばかりし、くるりと丸くなって寝たふりを始めた。

そんなに首に何か巻きたいのか。

でも危ないしなあ。

紗良は、なんだか可哀想になって、必殺のあんバターサンドを作り、まるごと全部あげた。

ヴィーは、紗良を無視しながらそれを平らげ、再び丸くなって、今度は本格的に寝始めたのだった。

「お待たせいたしました」

フィルがやって来るのを、紗良はデッキで待っていた。

ネイルも久しぶりにしたし、化粧もなんとかなった。アイラインを二回失敗したのは痛かったが、間に合ったのだからいいだろう。

ヴィーはまだ寝ていて、丁度良く、家を空けることを説明できた。

分かっているのかいないのか、魔物はまだ眠いようで、大きなあくびをしている。

「私が森の外で待っていたほうが早かったのではないですか？」

「そんなことはありませんよ」

「でも……ここに馬車は持ってこられないでしょう？」

夕方から出発だというので、馬車移動でも近くはあるのだろう。それでも、無駄な時間は少ないほうがいいと思うのだが。

そう思った紗良だが、フィルは首を振って、意外なことを言った。

「いいえ、移動は馬車ではなく、転移ですので」

「ああ、なるほど！」

そうか、フィルも転移を使えるのか。この世界の人は、気軽に転移魔法を使っているのだろう。

紗良は納得し、ストッキングの足裏に木の感触を楽しみながら、脱いであったヒールを履いた。

フィルはなぜか、目をそらしている。

「こんな恰好で良かったですか？」

およばれ用ワンピースは、無難に黒ベースでシンプルだが、胸元と袖に同色のレースがついている。

ヒールとコートはピンクベージュにし、それなりにおしとやかなものだ。

「はい、とてもお綺麗です」

「なら良かった」

「では行きましょう。お手に触れてもよろしいですか？」

「はい。荷物はどうしましょう？」

「私が持ちますとも」

「ありがとうございます。ヴィー、行ってくるね！」

ヴィーはあくびで応える。

左手で軽々とトランクを持ち上げたフィルは、右手でそっと紗良の手をとった。

そして、数秒集中する様子を見せた後、詠唱する。

「女神の飛翔《ヴォーラーレデオ》」

とても不思議な時間だった。何も見えないのに、誰かに見られているような気がする。長いような短いような、時間の感覚もよく分からない。

実際は、ものの10秒程度だったようだ。

無意識に目をつぶっていたが、

「着きましたよ」

というフィルの声で、目を開いた。

そして、思わず、眉根を寄せた。

「紗良様？」

「……田舎の大家族って言いませんでした？」

目の前にあるのは、白亜の邸宅だった。

いっそ、小さな城と言ってもいい。

「はい、ここは王都から、馬車であれば2週間ほどかかる田舎の領地です。

なにしろ、すぐそこが隣国ですからね」

なにがなにしろか分からない。

ふーむ。

これは困ったぞ。

「……紗良様？　何かお気に召しませんでしたか？」

「いえ、よく考えたら、田舎の大家族というのは、藁《わら》ぶきのでっかい平屋におじいちゃんおばあちゃんが住んでいることとイコールではないと気づきました」

「なんですって？」

「あなたは貴族ですか？」

唐突な質問ではあったが、紗良の口からようやく意味の分かる文脈が出てきたことに喜び、フィルはにっこり笑った。

「いいえ、私は貴族ではなく、平民です。しかし、元は貴族の家に生まれました。神官となり分籍しましたので、身分としては平民となりますが、里帰りは許されていますので」

「ふーむ。ごめんなさい、私が勝手に、ご実家も平民？　という身分だと思ったのです。それで、とてもカジュアルな服しか持ってきていません。何日も滞在できる恰好ではないので、帰ってもいいですか？」

フィルはあっという間に笑顔を消し、狼狽《うろた》えたように紗良の手をぎゅっと握った。

そういえばまだつないだままだった。

「も、申し訳ありません、私の説明不足でした！　そう、そうですよね、女性はそうですよね、どうしましょう……」

だから帰ろうよ、と言おうとしたが、その二人をさっと光が照らした。すでに暗くなりつつあった玄関先で、正面扉が開いたのだ。

中の眩しい光に、一瞬、影のようにシルエットが浮かび上がる。

「あなたたち、何をしているの？　こちらはノックを待っていたのだけれど？」

目が慣れてみると、大きな扉の向こうに立っているのは、年配の女性だと分かった。

ドアの脇には、びしっと燕尾服をキメたおじいさんが、頭を下げて立っている。

「これは母上。ご無沙汰しております」

「ええ、本当に。勝手に遠方に行ってしまったわりに、元気そうではないの」

「はい、とても元気ですよ」

「……。まあいいわ、あなたのことは後よ。

初めまして、界渡り様。いつも聖女様をお支えくださり、感謝いたしますわ。

わたくしはフィルの母、この屋敷の主の妻で、フィオーラ・バイツェルでございます」

紗良は、困ったなあと思ったままだが、両親に躾けられた通りに、丁寧に頭を下げた。

「初めまして、サラ・ツワノと申します。

この度はご家族お寛ぎの時間にお招きいただきまして、ありがとうございます。お邪魔でなければよいのですが」

厳しい、あるいは厳格な印象のある女性だったが、口元をにこりとさせると、フィルに似ている。

「いいえ、わたくしがお呼びだてしたのですよ。

紗良様が……紗良様と呼んでよろしい？　ありがとう。紗良様がおひとりで年送りをされると聞いて、ならばお連れしなさいと。

それで……何を揉めていらしたの？」

「……すみません、母上。私が自分の身分を平民の神官と名乗りました。それゆえ、紗良様は……」

「ああ……もういいわ、大体分かりました。相変わらず、気の利かない子だこと」

「すみません……」

「こちらでは、わたくしたちがなんとかしてあげられますけれどね。向こうでちゃんとしているのかしら、全く……」

なんだかんだで、口調は厳しいものの、面倒見の良い家族らしい。

紗良は微笑ましくなる。

「息子の不始末を、どうぞこの母に挽回させてはいただけませんか？　このままお帰りになられては、馬鹿息子が馬鹿だとばれてしまいますからね。幸い、我が家には、お歳も体格も近い娘がおりますの。お召し物はそれで我慢していただけませんかしら」

「我慢だなんてそんな、こちらこそお手数をかけてしまって。それでは申し訳ありませんが、お世話になってよろしいでしょうか」

紗良の負担にならないよう、息子のためとは言っているが、そもそも家に呼んでくれたのはこの夫人の優しさだ。やはり、見た目よりずっと、多方面に心を砕ける人なのだろう。

「どうぞお入りになって。そしてフィル、お前はそろそろ紗良様のお手をお放しなさい」

言われてようやく、フィルの手がぱっと離れた。

中に入ると、燕尾服のおじいさんが扉を閉めてくれる。その上、紗良のコートを預かり、荷物もフィルから受け取っている。

まさかお年寄りが運ぶのか、とそっと見ていると、若いメイドが出てきてそれらを受け取った。

良かった、あのトランク、重いんだよね。

中身の着替えの大半は、使わないことになった訳だけれどもね。

紗良は、そこでようやく、左手に持っていた紙袋を燕尾服さんに差し出した。中身は手土産だ。と言っても、もちろん百貨店も専門店もないのだから、家にあったものを持って来たに過ぎない。

失礼かとは思ったけれど、ないよりはマシだろう。

「つまらないものですが」

「は」

燕尾服さんは、夫人の顔を見た。

彼女が肯くのを見て、ようやく受け取ってくれた。

「フィルさん、もしかして、手土産の文化はありませんか？」

「そうですね、後日届けることが多いように思います」

「なるほど。すみません、マナーにそぐわないようですが、後日お届けすることも難しいので、ここでお納めいただければ」

夫人はといえば、あたりをきょろきょろ見回した後、燕尾服さんに近づき、紙袋の中を覗き込んだ。

「母上……はしたない」

「お前に言われたくありません。誰も見ていないからいいのよ。だって気になるじゃない。

紗良様、見てもよろしい？」

「もちろんです」

入っているのは、籐《とう》の四角い蓋つきカゴに入った、ケアセットだ。ハーブ入りの入浴剤とか、アロマ入りのハンドクリームとか、なんかそんなものがぎゅうぎゅうに詰まっている。母が、もらったけど使わないから、と送って来たきりになっていた。

訪問先が大家族だろうが貴族だろうが、どちらにしろそぐわない手土産だが、部屋には他に新品の贈り物と言えるものはなかった。

「まあ。まあまあ、これは、面白いお話が色々聞けそうですわね」

中身をあらため、今度こそ本当にご機嫌な夫人が案内に立ち、紗良とフィルはその後ろをついて歩く。

彼はそっと、紗良の耳に囁《ささや》いた。

「我が家は、農業中心の産業から、それ以外の地場産業を起こそうと考えているのです。母があまりしつこいようなら、私が連れ出しますからね、ご安心ください」

明らかに夫人に聞こえる音量だったので、諸々《もろもろ》ふまえて、あまり信用しないでおこう、とそっと思った。

再び、燕尾服の老人が、目の前の大きな扉を開ける。

一斉に、中の人々の視線が紗良をとらえた。

39

「フィルが素敵なゲストを連れてきてくれたわよ。界渡り様だから、皆さん、そこのところ、よく含みおいて下さるわね?」

快活ながら、支配者の威厳を滲ませて、夫人が全体に呼びかけた。

奥の長テーブルに、明らかにこの屋敷の主人らしき男性がいるけれど、彼はそれをにこにこ見ているだけだ。この場を取り仕切っているのは夫人なのだ。

はあく。

「ご紹介に与りました、サラ・ツワノです。

素敵な集まりに呼んでいただいてありがとうございます、よろしくお願いします」

ぺこりと頭を下げると、あちこちから、歓迎の声がかかる。それぞれ持っていたグラスを軽く上げてみせてくれ、温かい雰囲気を感じた。おそらく、事前に根回しはしてあったのだろう。

過度に構われるでもなく、流れるように皿とフォークを渡され、気づけば山盛りの料理とともに窓際のソファに座っていた。

立食形式だからか、人々は流動的で、名前を覚えるのがちょっと難しい。それでも、フィルが一人ひとり、丁寧に教えてくれている。

「こんばんは」

男性が一人、声をかけてくれた。異世界だからなのか、紗良の貴族フィルターがかかっているのか、壮年ながらイケメンぶりがすごい。

「素敵なドレスだね。僕は服飾の仕事をしているんだ。良かったら、そのレースを少し近くで見てもいいかい?」

眩しいような笑顔と共に聞かれ、もちろんですよと即答しようとした。

しかし、その返答の前に、滑り込むような素早さでフィルが言った。

「駄目です」

紗良は答えを言おうとしたままぽかんと口を開け、そして、男性はと言えば、一瞬驚いた顔をした後、大笑いした。

その声に、みんなが怪訝そうに振り返る。

男性はもはや涙さえ滲んだまま、屈もうとしていた足をすっと後ろに引いて距離を取った。

「分かったよ、おさわりは禁止だ、そうだろう？」

「伯父上、その言動もいけません」

「分かった分かった、本当だ、今夜のことを僕はしっかり覚えておくとも」

伯父と呼ばれた男性は、にっこりと紗良に微笑み、

「うちには馬もいるし、他に動物もいる。良かったらフィルに案内してもらうといいよ」

そう言って、ひらりと手を振って離れて行った。

なぜ紗良が動物好きだと分かったのだろう。

ふと、手元を見る。すると、袖口のレースに、ヴィーのものらしきグレーの毛が一本、ついていた。

外皮毛は真っ黒だけれど、下毛はこの色だ、間違いない。

きっと、この毛をさりげなく取ってくれようとしたのだろう。

「素敵な紳士ですね」

紗良はその毛をそっと取って、ポケットに入れた。このワンピースを買ったのは、お呼ばれ用のドレススタイルなのにポケットがついていたからだ。役に立った。

「そうですね、馬はお好きですか？」

「興味があります。乗ってみたいとも思っていました」

「では、カジュアルな服をお持ちいただいて良かったかもしれません。

明日にでも厩舎《きゆうしや》に行ってみましょう」

それは楽しみだ。

同時に、やっぱり貴族って馬に乗るんだ、と、ちょっと面白くもなる。

紗良の機嫌が上向いたのを感じ取ったのか、フィルがようやく安心したような顔をした。

その後の紗良は、フィルと共に自由に過ごした。

貴族の家の仕様なのか、年末からひっきりなしに来客があり、主人夫婦はその対応に忙しい。何十人もの人が出入りし、業者らしき荷馬車も何度もやって来ている。

そんな中、分籍し貴族としての対応を免除されているフィルと、来客である紗良は、好きな時に食べ、好きな時に出かけ、好きなように過ごした。

本当に乗馬に連れて行ってくれたのだが、まあ、とても乗れはしなかった。ぽっくぽっくと歩く速度で、かつフィルが手綱を引いてくれて、ようやく厩舎前の草っ原を一周する程度だ。

森へのお出かけなど夢のまた夢だったが、それでも、実際の動物に乗れて紗良は満足だった。

「ヴィー様にも乗れると思いますよ？」

「えっ、ヴィーにですか？」

フィルに言われ、少し考える。

いやいや。

振り落とされてお終いだろう。

日本で言えば大みそかに当たる日は、みんなでひとつのパイを切り分けて食べ、その後、庭園にある女神像に祈りに行った。

年が明けてからは、主人夫妻はより忙しそうだったが、フィルと紗良はのんびりだ。

3日には、初市が立つというので、街へと降りてみた。

そこで、ひとつの商品が目に留まった。真っ赤な革だ。なめして艶《つや》加工はしてあるが、製品になる前の材料としての革で、いかにも、何らかの動物の形をしている。

切り取れば、80㎝四方くらいになるだろう。

「フィルさん、あれはなんの革ですか？」

「あれですか？　ポルクスですね。魔物ではなく、動物です」

紗良が考えていたのは、ヴィーのことだ。首のリボンを失ってしょんぼりしていたのが、どうにも気にかかる。

そんなに巻きたいなら、首輪はどうだろうか。

けれど、首輪というアイテムには、所属というか従属というか、なんだかそういうイメージがつきまとう。

ヴィーは果たして喜ぶだろうか？

「購入しますか？」

「うーん、そうですね、欲しいです。でも私はお金を持っていないので、買ってもらっていいですか？」

代わりに、森に戻ったら別の対価をお支払いします」

フィルはすぐにその革を買い上げた。

「実は、教皇庁から、紗良様のお望みになるお供物があれば差し上げるようにと通達が来ているのです。

こちらは、その予算から賄いますね」

いいのかな、と思ったが、残念ながら紗良には他に手がない。申し訳ないと思いつつ、黙って受け入れることにした。

「ちなみに、おいくらですか？」

「一枚で、70万ギルですね」

思ったより大きな数字がきて、驚いて慌ててマニュアルノートを開いた。

＊＊＊＊＊＊＊＊＊＊＊＊＊＊＊＊＊＊＊＊＊＊＊＊＊

〈異世界の通貨価値〉

こちらでは、通貨の単位を『ギル』としています。

全て硬貨で、『100ギル硬貨（銅色）』『1000ギル硬貨（銀色）』『10000ギル硬貨（金色）』が存在します。

大きな単位の取り引きの場合、硬貨ではなく、鉱石や宝石、あるいは穀物や動物などの動産でやりとりすることが多く、硬貨は主に庶民の手段となっています。

一般的な物価
食パン一斤　1500ギル
卵一個　200ギル
石鹸一個　1000ギル
エール一杯　4000ギル

＊＊＊＊＊＊＊＊＊＊＊＊＊＊＊＊＊＊＊＊＊＊＊＊＊

おおよそ、日本円の10倍のレートと考えていいだろう。

すると、この革は、紗良の感覚で7万円の価値だ。

「……高くない？」

「そうですねえ、これは、いわゆる亜種なのです。動物としてはありふれていますが、色変わりした個体ですので、価値はあがります。

領地の経済を教皇庁のお金で回すのは、気分がいいですね！

さあ、どんどん買いましょう！」

フィルはご機嫌だ。

教皇庁に何か思うところがあるのか？

そもそも、こんな北の外れとはいえ、お城みたいな家の息子が、正反対の本当の田舎で平民の神官をやっているなんて、おかしくないか？

「紗良様、他に欲しいものは？」

聞かれて、我に返る。

事情は人それぞれ、紗良が尋ねるようなことではないだろう。

「可能ならなんですけど、この……耳飾りと同じ石を同じように金細工で包んだチャームが欲しいんです」

「なるほど。それでは、市ではなく、場所を変えましょう」

フィルに連れられて馬車に乗り、移動した先は、こぎれいな店舗が立ち並ぶ、石畳《いしだたみ》のストリートだった。

先ほどまでとは、歩いている人の服装も違う。紗良は、街歩き用だというワンピースに、自前のコートを羽織っていたが、浮いている気がする。

日本で言えば銀座みたいな？

高級店らしき店構えに、大丈夫かな、と思うが、フィルは気にせず入って行く。

「いらっしゃいませ、お久しゅうございます、フィル様」

「やあ。少し頼みがあってね」

「なんなりと」

「こちらの方のつけている、この石と同じ色合いの石はあるかな？

あるならば、同じように金細工で加工してほしいのだが」

紗良が見えやすいように耳を突き出すが、店員が近づこうとすると、フィルが阻止する。

「……あの、フィル様、もう少し近くで見たいのですが」

「そこから近づいてはならない」

「……いや、しかしですね？」

困惑している店員を気にする様子もなく、涼しい顔をしているフィルに、紗良は呆れた。

安全地帯《パルサス》も発動していないのに。

なんにせよ、フィルの名をあっさり呼んだということは、知り合いか行きつけなのだろう。

仕方なく、紗良は、イヤーカフを耳から外した。瞬間、手の中に杖が現れる。

「すみません。これなら見えると思うので、どうぞ」

店員は固まり、フィルはといえば、

「やあ、いい考えですね」

とにこにこしている。

ぎこちないながらも、店員はすぐに、紗良が突き出した杖の頭を観察している。

「サイズは先ほどの状態と同じもので？」

「そうですね……いえ、私のこぶし大くらいのものはありますか？」

「少々確認致します。おい、お茶をお持ちして」

紗良たちはソファに案内され、美味しいお茶がふるまわれた。

しばらく待って、店員が数人、それぞれにケースを持って戻って来た。

テーブルに並べられたのは、確かに、紗良のこぶし大の赤い石だ。

しかし、と首を傾げる。

「同じような色だけど、同じ石じゃないですね。同じものはないのですか？」

「紗良様、それは女神様の祈りの結晶です。同じものは、ふたつとないのです」

「ああ、なるほど。じゃあ仕方ないですね」

紗良は納得し、じっくりと商品を見比べて、一番似ている色を指さした。

「加工までにどれほどかかる？」

「おおよそ……1週間ほど」

「分かった。バイツェルの屋敷に届けてくれ」

「承りました」

フィルに連れられ、店を出た。

「あの、お支払いは？」

「はい、屋敷の方で、商品と交換に致しますので！」

「お値段は聞かないの？」

「おおよそ、分かります。ご心配いりませんよ！」

出来上がったら、すぐに聖なる森へとお届けしますね、とフィルは笑った。ご機嫌なようだ。

彼が楽しそうなので、紗良も、出来上がりがとても楽しみになった。

「フィルさん、おうちに誘ってくださってありがとうございました。おかげで、とてもいい年になりそうです」

「こちらこそ、楽しい日々をありがとうございました。

　予定では明日、聖なる森へお戻りとしておりましたが、よろしいですか？

　もっといてくださってもいいのですが」

「うーん、いいえ、ヴィーがそろそろ、美味しいものを待ちきれなくなっているでしょうから」

フィルは、では母に捕まらぬうちに帰りましょうね、とまた笑った。

40

それから1週間後、森に戻った紗良の元に、赤い石のチャームが届いた。

驚くほどに、紗良の耳に揺れるものとそっくりだ。

色こそ多少違うが、原石のような荒い形の石を、卵形のカゴが包んでいる。金の細工は美しく、網目の形までほとんど同じ。

あのほんの数分で、ここまで形を観察できるなんて。さすが、領主様のいきつけの宝石店だけある。

そう、あの後教えてもらったが、フィルの実家は、あのあたりの土地を賜り統括している領主一家なのだそうだ。

なんにせよ、紗良の手のひらほどの大きさとはいえ、ヴィーの首元にはちょうどいいくらいだろう。

フィルはどうやら忙しいらしく、届けものをすると、お礼を言う紗良ににこにこしたあとすぐに帰って行った。

「さて、どうするか……元気いっぱい《ヴィヴィド》だからなあ」

首輪にしてあげたところで、あっという間に壊してくることも考えられる。

一応、教皇庁とかいうところで買ってもらったことになるのだから、それなりに大事にしなければならない。

その辺は後で考えることにして、紗良はまず、赤い革とチャーム、ステンレスインゴットを錬金釜に放り込んだ。

そこに、紗良が買った中で一番高価だった、ゴミ箱を追加する。これはプラスティック素材として入れたものだ。

ヴィーに首輪を作るにあたって、参考にしたのは、探索の際に背負っているザックの留め具だった。

お腹の前でカチッと留める、あれだ。

潰れた矢印のような返しのついた部品を、ロの字形の部品に差し込むと、直角の返しがひっかかって取れなくなる。

本来であれば、人間は、その一部分を押して返し部分を狭め、抜くことができる。

この直角の部分を、少しだけ角度と丸みをつけたらどうだろう。

つまり、一度はめても、強く引っ張ると返し部分が滑って抜ける仕組みだ。

これならば、普段はしっかり装着し、枝などに引っかかった場合は、強い力や体重をかければ抜ける。


とりあえず、やってみるに限る。

紗良は、生成の魔法をかけ、錬金釜を発動させた。

ぼっふん、と煙があがったので、蓋を開けてみる。

真っ赤な革の首輪に、金細工と宝石のチャーム。イメージ通りのものができている。

バックル部分はどうだろう？

紗良は、留め具をカチッとはめ、それを両手で引っ張ってみた。

「ぜ……っんぜん抜けない！」

紗良はもう一度、首輪を錬金釜に放り込む。

今度はもう少し、丸みをつけるイメージで……。

「生成《クレアーレ》」

とても調整が細かかったので、呪文《スペル》で補助をする。

そうして出来上がったものを、再び全力で引っ張る。

「ぐぬぬぬぬ……！」

本気で引っ張ると、ようやく、すぽん！　と抜けた。

「……ど、どうかな、もっと弱い力で抜けるほうがいいかな……。

でも、あの子の体重、結構あるよなあ」

100kg以上は確実にあるだろう。なにしろ、でっかいのだ。このくらいでいいかもしれない。

まあ、ヴィーがつけたがるかどうかも分からないし。

紗良は、後々また調整すればいいか、と考え、出来上がりとすることにした。

つやつやした革と石の色は美しく、金のカゴを纏ってとても可愛い。

生憎《あいにく》とヴィーはお出かけ中だったので、すぐに似合うかどうかは確認できない。

あ、いや、そうだ、そもそもまだ完成ではない。

「強化、みたいな魔法はないのかな？」

紗良は、マニュアルノートを開いてみた。

＊＊＊＊＊＊＊＊＊＊＊＊＊＊＊＊＊＊＊＊＊＊＊＊＊

〈物質とエーテル〉

素材を強くしようとすれば、それは素材のエーテルを操作することと同意です。

そして、エーテルを変化させれば、素材の質は変容し、なんらかの変化、あるいは全く別のものとなってしまうことでしょう。

魔法とは自然を知り、寄り添い、時に従わせるものですが、逆らうことはできないのです。
＊＊＊＊＊＊＊＊＊＊＊＊＊＊＊＊＊＊＊＊＊＊＊＊＊

【魔法】とは、自然そのもの。

その事実は、紗良の中にもあった。魔法を理解し、レベルアップした時、そのことを知ったのだ。

しかし同時に、マニュアルノートは他のことも紗良に教えた。

【賢者】の存在意義だ。

【魔法使い】と似て非なるもの、それが【賢者】だった。

エーテルに囚われないというのが、最大の違いだろう。

ふたつはまるで、ひし形と長方形のように、定義の一部を共有しつつ、異なる形を指し示す。

そう考えた時、レベルアップの音が鳴り響いた。

予感はしていたが、一応、スマホのアプリを確認してみる。

【賢者】のレベルが76に上がっていた。

紗良はすぐに、再びマニュアルノートを開く。

＊＊＊＊＊＊＊＊＊＊＊＊＊＊＊＊＊＊＊＊＊

〈【賢者】のレベルアップ〉

おめでとうございます、新しい呪文《スペル》を獲得しました！

転移《カナブラデオ》
※転移は、一度行ったことのある場所か、転移石などの目印がある場所にしか行けません
護符《プラエシディウム》
＊＊＊＊＊＊＊＊＊＊＊＊＊＊＊＊＊＊＊＊＊

おお、とうとう転移が使えるようになった。

フィルが使っていたのと呪文《スペル》がちょっと違う気もする。まだレベルアップがあるのかもしれない。

「それより、もう一つの方、チャームに使えるんじゃ？」

おそらく、守護とかそういうものだから、物質にかけたっておかしくないだろう。

紗良はすぐに、出来上がったばかりの首輪を前に、杖を出現させた。

両手でしっかり握り、

「護符《プラエシディウム》」

と唱えると、首輪が一瞬だけ光に包まれて消え、また現れた。

「お、おお、びっくりした……」

なくなったかと思った。

なんにせよ、首輪からは明らかに魔力の気配がする。きっと、ちょっとやそっとじゃ壊れないように守ってくれるだろう。

今のは結構、魔力を使った気がする。アプリで確認すると、12％ほど使ったようだ。まあ日常生活に支障はない。

「数値じゃなくて％表示なの、助かる」

スマホの充電みたいに、実に分かりやすい。目に見えて分かるほど減ることはほとんどないが、たまに、こういう時に役に立つ。

首輪に護符の魔法をかけたように、不測の事態に備えるというのは、大事なことなのだ。

＋＋＋

「あら、フィルが来たと言わなかった？」

フィオーラ・バイツェルは、玄関先で立ち話をしている男たちに声をかけた。

片方は、実弟であるアイザック、もう一人は執事のセンティオだ。

二人はうやうやしく同時に礼をしたが、答えたのはアイザックだった。

「来ましたよ。そして、宝飾店から届けられた品を受け取って、取って返していきました」

フィオーラは思わず眉の間にしわをよせた。

「転移を連続で？　そんなことして、大丈夫なの？」

弟は、くすくすと笑った。

「さて、魔力はぎりぎり足りる、とのことでしたよ。一刻も早く、あの細工物をお嬢ちゃんに届けたかったのでしょう」

「失礼な呼び方をしないでちょうだい、聖女様の半身様なのに」

「彼女自身にそんな自覚はなさそうですがね」

そういえば、と、老執事に話を振る。

「あなた、あの時紗良様と何か話し込んでいたわね。なんだったの？」

「はい奥様。ツボ、でございます」

「……なんですって？」

「ツボですよ。目が疲れた時には、目の下のここと、眉のここ……、こう、ぎゅっと押すのです」

「……なんですって?」

「立ち仕事で足がむくんだ時には、足首の上のことと、膝の横のここですな」

「……なんですって?」

センティオがにこにこ説明する。

「いや、本当に楽になるのですよ。魔法ではないそうです」

「ああ……そう、良かったわね」

「はい。素晴らしいお嬢さんです。私は、坊ちゃんの奥方様にお迎えしたく思いますよ」

ゆったりと笑う、この長年仕えてくれている老人に、姉弟《きょうだい》はうーんと言葉を濁す。

そりゃあね。

フィオーラは思う。

そりゃあ、可愛い息子のことだ、思いを遂げさせてやりたいのはやまやまだ。

しかし、こちらではとうに結婚適齢期でも、異なる世界ではまだ教育を受けている途中の子どもだというではないか。

さもありなん、あの娘は、恋愛のれの字も知らないようだった。

かたや息子は、もう24歳で、しかも平民で、紗良嬢を守る鼻息の荒い猫みたいな態度しかできやしない。

前途多難である。

いやなんならもう、絶望的といってもいい。

「まあほら、平民と言っても、万ギルの宝石を贈れる財力はありますし」

「紗良様は、教皇庁の予算で買ったと思ってらっしゃるのよ」

「……なんですって？」

フィオーラと同じセリフを繰り返し、アイザックはそれきり黙ってしまった。

ほらね。

絶望的だわ。

＋＋＋

来たわね、と思った瞬間に、森からヴィーが飛び出してきた。

まったく、いつも本当に元気《ヴィヴィッド》いっぱいちゃんだ。

「ヴィー、ちょっとおいでよ」

紗良は、完成したばかりの首輪を手に、ヴィーを呼んだ。

さて、気に入ってくれるだろうか？

41

じゅっ、と肉の脂が炭に落ち、音と煙が立つ。

紗良はごくりと唾を飲み込み、両手を握りしめる。

たき火がぱちぱちと弾け、炭がかんかんに焼けて、ウッドデッキはぽかぽかと暖かい。

今、紗良は、暑かった。自らにかけた保温《カリダ》を解いてなお、汗が出てくる。

それでも、じっと動かず見ているのは、肉だった。

分厚い肉だ。

脂と赤みが絶妙のバランスで配置された、それはそれは美味しそうな肉を、炭火で焼く。

手には、ビールを持っている。

焼き上がりを、今か今かと待っている。

ヴィーですら、若干ひいているようにも見えるが、全く気にならない。

だって、それは、絶対に美味しいだろうと思われる、牛肉なのだから。

「あのね、これは、えー、チョーカーです！」

あの日、紗良は、森から現れたヴィーを座らせ、例の首輪を見せながらそう言った。

欺瞞《ぎまん》である。

だが、こういうのは、気持ちの問題だから。

どうせ、これが本来なんであるかを気にするべきは、紗良とヴィーしかいない。誰かがジャッジすることでもないし、そもそも目にすることすらないだろう。

だから、これは、紗良にとって首輪ではなく、贈り物である。

何か首に巻いておきたいらしいヴィーのために、フィルの協力を得て作った、アクセサリーだ。それをヴィーに伝えることで、お互いがそう認識する。それでいいじゃないか。

どうやら、首輪、もといチョーカーを見たことのなかったヴィーは、首を90度ひねっている。

何をするものか分からないのだろう。

それで、紗良は、そのチョーカーを自分の首に当てて見せた。

それから、ヴィーの首元を指さす。

魔物の首が、反対側に90度傾いた。

よし、伝わらない。

仕方なく、紗良は、実力行使に出た。

ヴィーの首にチョーカーを巻き、カチッと留め具をはめたのだ。

それから、鏡を見せてあげた。

ヴィーはその間、ぴくりとも動かず待っていたが、差し出した鏡を覗き込むと、お座りしていた尻をあげた。そして、あらゆる角度から、自分の姿を鏡に映し始める。喉のあたりで、真っ赤なチャームが揺れている。黒くて艶やかな毛によく映えていた。

「見てほら、おそろい」

紗良が自分のイヤーカフをはじいて揺らしてみせると、ヴィーは鏡からようやく目を離し、耳元に鼻を寄せてきた。

鼻息がすごい。

フンフンと匂いをかぎ、そして、ガフッと鳴いた。

風で紗良の髪がなびく。

それから、その場で二、三回、小さく跳ねると、すごい勢いで森の奥へと走り去っていったのだ。

残された紗良は呆然としたが、あれは多分喜んでいたんじゃないか、とは思った。

良かった良かった。

チョーカーの材料を調達に行った年末年始だったが、甲斐はあっただろう。

いい気分で寝て、起きて、そして、朝。

玄関先に、牛を見つけた。


分厚いステーキをひっくり返すと、たっぷりの脂がしたたり落ちた。

玄関先で発見した牛を食べられるまでに、3日を要したのだから、期待も高まる。

なぜ3日も置いたのか？

マニュアルノートがそう言ったからだ。すぐさま錬金釜に放り込もうとした紗良に、待ったをかけやがったのだ。

＊＊＊＊＊＊＊＊＊＊＊＊＊＊＊＊＊＊＊＊＊＊＊＊＊＊＊

〈魔物を食べるということ〉

いくつかのレベルが、魔物食に耐えられると判断しました！

ただし、注意点があります。

まず、魔物は人間の身体に害を与える物質を含んでいることが多いのです。

ですから、食べる前に必ず毒素を抜く処置をしましょう。

また、動物の肉は、錬金釜内で熟成期間を経ていますが、魔物の肉は、その処置ができません。

よって、現実時間で熟成する必要があります。

魔物は知性があるものの割合が動物より高く、自ら食のために狩りに行くことは推奨しません。

しかし、得られたものを森の恵みとして食すことは、喜ばしいことでもあります。

ルールを守って、美味しい森生活を！

浄化《サルヴアドル》

＊＊＊＊＊＊＊＊＊＊＊＊＊＊＊＊＊＊＊＊＊＊＊

どうやら、浄化《ルクス》の上位魔法を教えてくれたらしい。

それからその下に、美味しい魔物の種類と、その処理方法が書いてある。

「どれどれ」

ヴィーのお土産は、トニトリーボスという魔物である。雷雨、という意味を持つらしい。雷属性の攻撃を得意とし、守りは非常に堅い。しかし、その肉質は柔らかく、脂をしっかり蓄えている。

大きな傷口のある首元から肉の様子を見れば、どうやらそれは牛に近いと見える。

トニトリーボスと書いて、牛と読む。

「これ、しっかり放血されてる」

首の頸動脈をすっぱりいかれているせいか、血抜きされているようだ。

生々しいけれど、動物とは違い、見たことのない姿かたちがどこか非現実的でもある。

気を失わずにすんでいるのは、そのおかげだろう。

紗良は、マニュアルに従って、その牛を運搬《アンゲスト》した。

ちょうどいいことに、今、コンテナのひとつが空いている。ハーブ類を植えていた場所が、ほぼ用をなさなくなったため、土ごと片付けて置いたものだ。そこにすぽっと入れて、浄化《サルヴアドル》をかけ、３日間放置した。

そしてようやく、今日だ。

錬金釜にジッパーバッグと共に放り込み、ブロック肉と各内臓を山ほど取り出した。獲物が大きい分、食材としても食べるところが沢山あったらしい。

保存《ノヴァ》の魔法を覚えておいて、本当に良かった。これはさすがに、冷凍庫には入り切れないだろう。

火を起こし、炭火を焚いて、そうなるともう、直に焼いて食べる以外に選択肢はなかった。

分厚く切った肉を、二枚。

自分の分と、ヴィーの分だ。

塩コショウして、炭火でじっくりじっくり焼いて、それだけでいい。

「いただきます！」

一枚をヴィーに、そして残りの一枚を、豪快にそのまま噛みちぎって食べた。

口の中に広がる、ほんのりミルクくさい匂いと、甘い脂の、なんと美味しいことだろう。歯ごたえはあるが、噛みしめるたびに繊維がほろりと解ける。

じっくり味わってから、すかさず冷えたビールで流し込む。

「うまーい！　ヴィー！　すごい、えらい、好き！」

言葉の意味は分からねど、紗良のテンションは伝わるらしく、ヴィーは肉をほおばりながらにゃらうにゃうにゃ言っている。

網の上では、次の肉が出番を待っている。

ついでに、ホルモンも少しのせておく。ジュッ！　と音が立ち、網についた部分がたちまち縮む。

塩コショウをたっぷり振っておく。

ステーキを一枚食べ終わった紗良は、今度は少し赤身の多い部分を丁寧に焼き、わさび醤油をつけて食べた。単純に肉を味わうだけではなく、薬味と醤油の複雑な味が加わると、なんだか余計に滋味《じみ》を感じた。

ヴィーはあまりわさびは好きではなさそうだったので、すりおろしニンニクだ。

ホルモンは、レモン汁にちょんとつけて食べる。肉よりも脂っぽいが、ぷるっとした食感がまたたまらない。

ビールがはかどってしまう。

その時、ぴくりとヴィーが顔を上げた。そして、河原の方を見やる。

しばらくすると、紗良の耳にも足音が聞こえてきた。

予測はできる。

案の定、灰色の犬が姿を現した。

どんぐり石《グランディフェライ》から、障害物のない河原を走って来たのだろう。

口から白い息をはいていて、寒そうだ。

「おいでおいで」

浄化《ルクス》をかけながら、ウッドデッキに招き入れる。

ヴィーがまた反応するかな？　と思ったが、なぜか今日は、びくともしない風情《ふぜい》だ。それどころか、犬に向かって、フンと胸をはっている。

慣れたのかな。

犬の方は、そんなヴィーよりももっとどっしり構え、前回と同じであまり構うふうではない。それでも、まるで挨拶するように、わふ、と小さく鳴いた。大人である。

「あら、そういえばそのイヤーカフ、何かついてるね？」

近寄って見てみると、紗良のものにはチャームと杖の飾りしかないのに対し、犬のそれは銀色のプレートがついている。

ドッグタグだ。その表面に、何かが彫ってある。

「ひらがなだね。えーっと……『とういちろうさん』」

さんづけ？

さんまでが名前？

疑問符がいくつも浮かぶが、当の犬は、その名を紗良が口にしたとたん、ワン！　と大きく返事をした。しっぽが揺れ、控えめながら喜んでいるようだ。

「さん、までが正式名なのね？　よろしくね、とういちろうさん」

春子はいくつだったのだろう。

もし紗良と同じくらいなら、明治という時代背景を鑑みるに、おそらくと思うことがある。

結婚していたのだろう。もしかしたら子どももいたのかもしれない。

この相棒は、春子の夫の名をもらったのに違いなかった。

「今日はお肉だよ。これはね、ヴィーが獲ってきてくれたんだよ」

網の上に、紗良は次々に肉を乗せた。

心なしか、二匹の距離は、前回よりも近い。

やはり、ひとつの網を囲むと仲良くなるものなのだ。

その後、食べ終わったヴィーが、執拗《しつよう》にとういちろうさんのドッグタグにいたずらしようとするので、どうやら同じものが欲しいようだった。

しかし、紗良は悩んだ。

タグまでつけてしまっては、チョーカーという態《てい》をなさなくなってしまうじゃないか。

「そうだ！」

紗良は、ヴィーのチョーカーを一度外し、裏に油性マジックででっかく名前と電話番号を書いたのだ。

「ほらみて、これ、ヴィーの名前。あと、私の電話番号ね。迷子になったら、ここに電話してもらってね」

そう言うと、ヴィーはもうドッグタグに興味を失ったようだった。とても満足そうに、とういちろうさんに向かって何かをうにゃうにゃ話しかけている。

良かった良かった、めでたしめでたし。

42

アテルグランスは森の王である。

その強さは他の追随を許さず、その速さは千里を駆ける。

彼は、ある日、魔から生まれた。

魔物には母も父もなく、生まれるべき時に生まれるものであった。

だから彼は、本能で知っていた。

自らの強さと、魔物と女神との関係と、食うことの喜びを知っていた。

そうして、王として80年ばかり経った頃、突然、住処《すみか》である森が変わった。

女神の気配が濃くなり、何かが起こると分かった。

それは他の魔物にも伝わった。

だから、外からたくさんの魔物たちが集まった。

魔物は、女神に惹《ひ》かれる。

同時に、女神の聖心力を恐れる。

なぜかは分からない。

ただ分かるのは、この森は、あらゆる魔物を惹きつけてやまないということ。

アテルグランスは、縄張りを荒らそうとした不届きものたちを粛正する。

そうするうちに、弱きものは次第に強きものの匂いを恐れ、近づかなくなった。

そして、反対に、強きものは我こそが王であるとでも言いたげに、どんどんと集まった。

ある日、女神の気配の理由が分かる。

オキニイリが湧いたのだ。

この世界の者ではない匂いをさせたそれは、ごくたまに現れるヒトで、女神の加護を沢山もっている。

女神のオキニイリなのだ。

このオキニイリは、最初とても弱い。

だからアテルグランスは、王として彼女を見ていた。

不思議な四角い空間を出入りし、泣いたり木を削ったり火を起こしたりしていた。

そして、その火を使って、美味しそうな匂いをふりまいている。

あまりに美味しそうだったので、一度つまみ食いをした。

オキニイリはひどく怯えた。

女神に怒られそうだったので、あまり近づかないことにした。

その内、オキニイリはまだ弱いのに、森に入り始めた。

ふらふらと森を歩き、カエドゥスに狙われた。

死なれては困る。

これがいれば、女神の匂いに満ちた森でいられる。

これがいれば、色んな魔物が集まり、それらを食うことができる。

そう考え、カエドゥスを粛正せんとしたが、オキニイリは大声で叫んでアテルグランスを驚かせてきた。

おかげで噛まれてしまった。

魔物同士の毒は、魔力を伴い、心臓に打ち込まれる。

アテルグランスは死にかけた。

カエドゥスは形《ナリ》は小さいが、上位の魔物なのだ。

さてはこのオキニイリ、敵だったか。

そう思ったが、どうやら違った。

なけなしの魔力を投じ、それはアテルグランスを救った。

オキニイリ――紗良は気づいていない。

その時、紗良とアテルグランスは命脈を共有した。

彼女が死ねば、アテルグランスも死ぬ。

アテルグランスが死ねば、彼女も死ぬ。

紗良はそれを知らない。

今、アテルグランス――ヴィヴィドの胸には、女神の加護を受けた石がぶら下がっている。

これ自体はヴィヴィドを守らない。

けれど、ヴィヴィドは紗良を守る。

この石は、一度女神の御許《みもと》に上がり、そして戻されてきた。

言うなればこれは、守護者たれ、とでもいうべき使命の証なのだ。

ヴィヴィドはとても賢いので、気づいている。

紗良は歳を取らない。

だからヴィヴィドも歳を取らない。

いつまでも。

けれど、それは違うと教える者があった。

ほんの200歳ほど年上の魔物であった。

灰色の毛をしたその強きものは、前代のオキニイリの守護者である。

彼は言う。

今のオキニイリは混乱している。

そのため、森にとどまっている。

けれどいつか、彼女はここを出て行くだろう。

なぜ?

分からない。

魔物には多分、一生理解することのない、同族と混じって共に暮らす喜びというものがあるらしい。

ヒトはヒトと暮らす。

だから紗良も、今はお前の元にいても、いつか離れてゆくのだ。

その時、彼女の時は進み始める。

ヴィヴィドは最初信じなかった。

けれど、たまに来るヒトと紗良が楽しそうにしていたことも、忘れてはいなかった。

そしてまた、この灰色の魔物とともにあったオキニイリが、どうなったかも知っていた。

でも。

だからなんだというのだろう。

ヴィヴィドは使命を果たすのだ。

どちらかの命が尽きるまで、それは終わらない。

たとえ森と人里に離れても、それは変わらない。

そうしていつか死んだならば、後には同じ赤い石だけが残る。

永遠を刻まれたこの石が、ただ、ふたつ。

たとえ世界が終わっていても、それらは決して、朽ちることはなく。

有郷葉
Arizato You
Illust. 黒兎ゆう
ジャガイモ農家の村娘、
剣神と謳われるまで。
1巻発売中!

転生ナイチンゲールは夜明けを歌う
～薄幸の辺境令嬢は看護の知識で
家族と領地を救います！～
1巻発売中！
干野ワニ
illust 長浜めぐみ
©Wani Hoshino

やり直し公女の魔導革命
処刑された悪役令嬢は滅びる家門を立てなおす
二八乃端月
illustration YOHAKU
1巻発売中！
©二八乃端月

唯一無二の最強テイマー
～国の全てのギルドで門前払いされたから、
他国に行ってスローライフします～
原作：赤金武蔵　漫画：田村紘一
キャラクター原案：LLLthika
異世界還りのおっさんは
終末世界で無双する
原作：羽々音色　漫画：ダンタガワ
ジャガイモ農家の村娘、
剣神と謳われるまで。
原作：有郷　葉　漫画：たぢまよしかづ
キャラクター原案：黒兎ゆう

雷帝と呼ばれた
最強冒険者、
魔術学院に入学して
一切の遠慮なく無双する
原作：五月蒼　漫画：こばしがわ
キャラクター原案：マニャ子
どれだけ努力しても
万年レベル0の俺は
追放された
原作：蓮池タロウ　漫画：そらモチ
モブ高生の俺でも冒険者になれば
リア充になれますか？
原作：百均　漫画：さぎやまれん　キャラクター原案：hai
COMIC
NOVA
ノヴァ
https://www.123hon.com/nova/
話題の作品
続々連載開始!!

冒険しない私の異世界マニュアル 1

発　行
2024年9月13日　初版発行

著　者
有沢ゆう

発行人
山崎　篤

発行・発売
株式会社一二三書房
〒101-0003　東京都千代田区一ツ橋2-4-3 光文恒産ビル
03-3265-1881

印　刷
中央精版印刷株式会社

作品の感想、ファンレターをお待ちしております。
〒101-0003　東京都千代田区一ツ橋2-4-3 光文恒産ビル
株式会社一二三書房
有沢ゆう 先生／フジタ先生

Printed in Japan, ISBN 978-4-8242-0295-6 C0093
※本書は小説投稿サイト「小説家になろう」（https://syosetu.com/）に
掲載された作品を加筆修正し書籍化したものです。